De IJstuin

GUY JONES

DE IJSTUIN

VERTAALD DOOR EMIEL DE WILD

Leopold / Amsterdam

Voor Isabelle

Eerste druk 2019

Oorspronkelijke titel: *The Ice Garden*

First published in Great Britain in 2018, Chicken House, 2 Palmer Street, Frome, Somerset BA11 1DS, United Kingdom

Omslagontwerp: Steef Liefting

Uitgeverij Leopold, Amsterdam / www.leopold.nl

www.kinderboeken.nl

ISBN 978 90 258 7726 2 / NUR 283

MIX
Papier van verantwoorde herkomst
FSC® C004472

Uitgeverij Leopold drukt haar boeken op papier met het FSC®-keurmerk.
Zo helpen we waardevolle oerbossen te behouden.

1

Het was dertig graden, maar Jess moest een muts op. Hij was lang en wit en bedekte haar gezicht en nek. Over haar ogen droeg ze een soort skibril. Verder had ze een wijde trui aan, een broek en dikke handschoenen, zodat geen stukje huid werd blootgesteld aan de zon.

'Ik wil hier niet zijn,' zei ze. Ze werd gek van de jeuk aan haar neus en schoof de skibril omhoog om te krabben.

'Niemand gaat graag naar het ziekenhuis,' antwoordde haar moeder.

'Dus we kunnen gaan?'

'Je hebt weer een van je buien, merk ik.' Haar moeder zuchtte.

Jess zuchtte ook. Het getal op het schermpje werd hoger toen de lift naar de kinderafdeling ging. Nu al stond het zweet op haar rug, waardoor haar trui aan haar huid plakte. De zomer was absoluut de vreselijkste tijd van het jaar.

'Het is maar een paar keer per maand,' zei haar moeder.

'Máár een paar keer per maand?' zei Jess. Haar stem schoot omhoog.

'Moet dit?'

Jess vond dat het moest. In elk geval tot haar moeder begreep hoe erg ze alles en iedereen hier haatte.

De liftdeuren gingen open op de tweede verdieping, waar een vrouw stond in een paarse jurk. Ze wilde de lift in stappen, maar stond abrupt stil toen ze zag dat Jess helemaal was bedekt. De mond van de vrouw stond wijd open als die van een vis, maar er kwam geen woord uit.

'Kunnen we u helpen?' vroeg de moeder van Jess.

'O...' zei de vrouw en ze herstelde zich een beetje. 'Naar boven of beneden?'

'Wij gaan naar boven.'

'Goed. Nou. Ik moet naar beneden. Ik wacht wel op de volgende. Bedankt.' De vrouw zette een stap naar achteren. Nog steeds staarde ze Jess aan.

'U kunt uw mond weer dichtdoen,' zei Jess toen de liftdeuren sloten.

'Lieverd, dat was onbeleefd,' zei haar moeder afkeurend.

'Ze heeft me niet gehoord.'

'Jammer.' Ze glimlachten allebei zonder elkaar aan te kijken. Haar moeder drukte een paar keer op de knop voor de vierde verdieping en tikte met haar voet. De lift schudde hevig toen hij weer op gang kwam.

‘Ik vind hem niet aardig,’ zei Jess.

‘Hij is hartstikke aardig.’

‘Tegen jou is hij aardig. Tegen mij praat hij of ik niet helemaal lekker ben.’

‘Hij praat tegen je zoals je tegen een kind praat.’

‘Precies.’

‘Hij is een heel goede dokter.’

‘Hoe weet jij dat? Jij hebt geen medicijnen gestudeerd.’ *Schaakmat*, dacht Jess.

‘Zet je bril maar weer op,’ zei haar moeder. ‘In de gang zijn ramen.’

‘Maar mam...’ begon ze.

‘Jessica,’ zei haar moeder nadrukkelijk. *Schaakmat.*

2

Dokter Stannard was extreem lang, extreem dun en, dacht Jess, extreem irritant. Hij had de gewoonte om met zijn bovenlichaam naar voren te leunen, als een vlaggenstok die buigt in de wind. Hij was zo lang dat zijn vader wel een reus moest zijn geweest: niet iemand die toevallig lang was uitgevallen, maar een echte reus, over wie je in boeken leest. Jess had zelf eens zo'n verhaal geschreven: over een gemene reus die in een grot leefde waar de botten van de stumpers die waren langsgelopen hoog lagen opgestapeld.

Dokter Stannard zag er niet uit alsof hij ooit in een grot had geleefd. Misschien hadden zijn reuzenouders behoefte gekregen aan iets moderners? Dan was het vast elke dag een gevecht geweest om de postbode niet op te vreten, dacht ze.

Haar eigen vader, voor zover ze zich kon herinneren, was redelijk normaal van lengte. Omdat haar moeder haar geen duidelijke antwoorden gaf, had Jess haar eigen conclusies getrokken over waar hij naartoe was gegaan. Als iemand ernaar vroeg, vertelde ze dat hij door buitenaardse wezens was ontvoerd en dat een onbetrouwbaar mannetje van de overheid – want overheidsmannetjes zijn altijd onbetrouwbaar – had geprobeerd dit geheim te houden.

'Jess?' Het was dokter Stannard.

'Ja?'

'De dokter vraagt of je je handschoenen uit wil doen,' zei haar moeder.

'Goed,' zei ze.

'Ze was ver weg, moeders,' zei de dokter. Hij noemde mama altijd 'moeders'. Dat sloeg nergens op. 'Je was ver weg, hè, Jess?'

'Ik denk het,' zei ze.

'Waar dacht je aan?' vroeg hij.

'Puppy's,' antwoordde ze.

Haar moeder keek haar aan met een blik die zei: ik weet niet waar je aan dacht, schat, maar ik durf ons huis erom te verwedden dat het geen puppy's waren. Maar dokter Stannard leek blij met Jess' antwoord.

Hij pakte haar hand, bekeek die van alle kanten en rolde toen Jess' mouw op om naar haar arm te kijken. Toen hij klaar was, pakte hij haar andere hand. 'En wat is dit?' zei hij.

'Wat is wat?' vroeg Jess met een onschuldige glimlach.

'Wat is het?' vroeg haar moeder bezorgd.

'Nou, hier worden we niet blij van, hè, Jess? Nee, dit is helemaal niet goed.'

Haar moeder boog zich net als de dokter voorover. Jess keek naar de kruinen van de twee volwassenen die naar de verbrande huid op haar pols staarden. 'Ik voelde er bijna niks van,' zei ze verdedigend.

Het was een paar dagen geleden gebeurd. Haar moeder was in de keuken, aan de achterkant van het huis, toen er op straat werd geschreeuwd. Meneer Olmos van nummer drieëndertig stond op de stoep te schreeuwen tegen de postbode, die, zei hij, wéér zijn nieuwe ijsmachine niet had bezorgd. De postbode probeerde uit te leggen dat hij geen pakketten kon bezorgen die nog niet in het sorteercentrum waren, maar meneer Olmos wilde niet luisteren. De postbode was absoluut ongeschikt voor zijn werk en zeer waarschijnlijk tuig dat andermans ijsmachine steelt.

Jess had zich bedekt en de deur opengedaan om te luisteren. De benedenramen hadden getint glas, maar als ze zich buiten waagde, moest ze ervoor zorgen dat ze helemaal bedekt was. Ze vond meneer Olmos aardig. Hij was altijd druk en begon aan nieuwe hobby's zoals andere mensen begonnen aan nieuwe wc-rollen. Deze maand was het zelf ijs maken, vorige maand mondharmonica leren spelen, en een paar weken daarvoor probeerde hij een kleine raket te bouwen in zijn voortuin. Jess vermoedde dat hij stiekem een beetje opgelucht was toen die niet bleek te werken.

Terwijl ze stond te kijken hoe de ruzie uit de hand liep, krabde ze aan een jeukende plek op haar pols. Haar blote pols. Ze sprong terug de hal in en sloeg de deur dicht. Toen ze naar beneden keek, zag ze de iets opgestroopte mouw waar een stukje gladde witte huid onder vandaan was gekomen. Na maar een paar minuutjes in de zon was de plek veranderd in een klont vuurrode blaren.

'Wat was dat?' had haar moeder gevraagd toen ze de hal in kwam.

'Meneer Olmos is boos om ijs,' had Jess geantwoord.

Haar moeder schudde haar hoofd. 'Met die man is altijd wel wat.'

'Ik vind hem aardig.'

'Je kunt de aardappels schillen,' had ze gezegd toen ze terugliep naar de keuken.

Jess had haar mouw naar beneden getrokken en was haar moeder zonder er iets over te zeggen naar de keuken gevolgd.

'Jess...' zei haar moeder terwijl ze zorgelijk met haar vingers aan een loshangende haarlok draaide. 'Als ik er niet op kan vertrouwen dat je op jezelf past... Ik kan niet elk moment van de dag op je letten!'

'Dat hoeft ook niet.'

'Je bent overdag naar buiten gegaan!'

'Ik had me bedekt.'

'Niet goed genoeg.'

'Mijn mouw bleef hangen... ik heb het niet expres gedaan.'

'Je hoeft niet zo'n toon tegen me aan te slaan.'

'Ik sla geen toon aan.'

Haar moeder keek op naar dokter Stannard. Hij keek naar hen met zó'n begripvolle uitdrukking op zijn gezicht, dat Jess hem wilde slaan met zijn nietmachine.

'Wat denkt u, dokter?' verzuchtte haar moeder.

'Ik denk dat ze voorzichtig moet doen, moeders. Echt heel voorzichtig.'

'Hoor je wat de dokter zegt, Jess?'

Ze opende haar mond om iets te zeggen, om naar ze te roepen

dat het een ongelukje was geweest, dat ze voorzichtig dééd, dat ze áltijd voorzichtig deed. Maar in plaats daarvan keek ze voor zich uit, bevroren. 'Mag ik gaan?' vroeg ze uiteindelijk.

'Waarnaartoe?'

'Een stukje lopen. Jullie kunnen makkelijker over me praten als ik er niet bij ben.' Haar moeders blik was scherp als een mes. 'Alsjeblieft,' voegde Jess eraan toe.

'Dan moet je je wel helemaal bedekken.'

'Dat weet ik.' Jess griste de muts van het bureau.

Met een zucht plofte haar moeder op een stoel. 'Vijf minuten dan,' zei ze, 'en geen minuut langer.'

Jess salueerde als een militair en liet de deur achter zich dichtvallen.

3

Ze zette haar skibril op en baalde omdat de oranje glazen de wereld een beetje saaier maakten. Over een muur van de gang strekte zich een treurig uitziende, geschilderde regenboog uit. Een verpleegkundige duwde een rolstoel voorbij die piepte als een vogeltje. In de stoel zat een bejaarde vrouw die haar van top tot teen bekeek. 'Arme schat,' zei de vrouw toen ze voorbijkwam. 'Het komt allemaal goed.'

Jess wist dat volwassenen het moeilijk vonden om haar helemaal bedekt te zien. Waarschijnlijk hadden ze geen idee waarom een kind kleding moest dragen die het meest geschikt was om bijen mee te verzorgen. Voor hen was het in elk geval duidelijk dat dit kind niet normaal was en daarom medelijden nodig had. Jess wilde niemands medelijden. Ze had wat ze nodig had. Om te beginnen haar moeder. Haar irritante, bemoeizuchtige, fantastische moeder.

En natuurlijk had ze haar verhalen. Net die ochtend had ze een nieuw verhaal toegevoegd aan haar *Grote verhalenboek*. Op een dag zou dat haar rijk en beroemd maken en dan zou ze een groter bureau kopen zodat ze haar droom kon verwezenlijken: het schrijven van een *Nog groter verhalenboek*.

Ze ging een paar keer de hoek om, maar elke gang zag er bijna hetzelfde uit als de vorige. Tl-lampen gaven alles een blauwgroene tint. Op verschillende plaatsen stonden rijen oranje plastic stoelen, vastgeschroefd aan de muur. Ze stond stil bij een raam. Een streep licht sneed door het glas. Jess liet het licht over haar handschoenen glijden. *Ik kan ze uittrekken*, dacht ze en ze stelde zich voor hoe razend dokter Stannard zou zijn als ze het deed. Ze schrok wakker uit haar fantasie toen vlak voor haar gezicht een voetbal tegen de ruit knalde.

Ze tuurde naar beneden en zag een groep kinderen op straat. Een van hen, een broodmagere jongen, klom in het plantsoen bij de muur van het ziekenhuis om daar in de struiken te zoeken. Zijn vrienden slenterden wat rond en praatten zo hard dat je zou denken dat ze niet naast elkaar, maar meters uit elkaar liepen.

'Schiet nou op!' riep een van de meisjes. Ze had dezelfde asblonde haarkleur als de jongen. *Zijn zus*, dacht Jess. Vanuit de struiken klonk geschreeuw. De jongen kwam tevoorschijn met vuurrode striemen op zijn armen. De bal in zijn handen was plat.

'Wat zei ik dat er zou gebeuren als je ermee ging voetballen?' blafte het meisje. 'Je gaat maar naar huis om een nieuwe te halen.' De jongen begon tegen te sputteren, maar al snel werd hem de mond gesnoerd. Pas toen hij wegrende, liep de rest van de groep in de richting van het park aan het einde van de straat.

Zoals zo vaak voelde Jess zich leeg vanbinnen, alsof ze was uitgehold met een ijsschep. Het meisje met het asblonde haar stopte met lopen, raakte achter op de anderen en ging op één knie zitten om haar veter te strikken. Ze zag er interessant uit, dacht Jess. Haar kleren waren haar te groot en haar spijkerbroek was versleten en zat bij de knieën onder de grasvlekken. Wat zou het meisje denken als Jess zich aan haar zou voorstellen, vroeg ze zich af. Hoe zou het zijn om een middag met deze kinderen door te brengen, de bal wat rond te trappen in de zonneschijn, elkaar te plagen en te praten over alles wat er maar in hun hoofd opkwam? Ze merkte dat ze glimlachte. Het vrolijke gevoel borrelde op als schuim uit een fles cola en was even snel weer verdwenen. Want op dat moment keek het meisje omhoog en zag haar.

Jess stak haar hand op, maar het meisje op straat bewoog niet en groette ook niet. Toen schoof er een wolk voor de zon en Jess zag haar reflectie in het raam, zag zichzelf zoals het meisje haar zag. Zag dat haar gezicht was bedekt met een muts en haar zwaaiende hand met een dikke witte handschoen.

Ze deinsde weg van het raam en wilde niets liever dan onzichtbaar zijn. Haar gezicht en borst gloeiden roodheet en ze kon het bloed horen kloppen in haar oren. Geen wonder dat het meisje niet had teruggezwaaid. Jess leek niet eens op een meisje. Ze was anders. Ze was raar.

4

Jess dwaalde door de gangen, weg van het meisje aan de andere kant van het glas. Achter haar ging een deur open. Ze draaide zich om. Een verpleegkundige met een grijzende bos haar dat op staalwol leek, snelde uit de tegenovergelegen kamer de gang in. Terwijl de deur langzaam dichtviel, ving Jess een glimp op van de jongen die in de kamer in bed lag. Ze keek om zich heen of de hal leeg was en zonder erbij na te denken dook ze naar binnen.

Er was niemand in de kamer, op de jongen in het bed na. Hij leek van haar leeftijd. Aan een kant van het bed stond een vaas met gele bloemen en de vensterbank was bezaaid met beterschapskaarten. Ze zette er eentje overeind die was omgevallen. Er stond een babymuis op met grote oren, gewikkeld in dekens en lakens, met een thermometer in zijn bekje. De jongen lag doodstil. Vanuit verschillende machines liepen kronkelende snoeren naar zijn lichaam. Groene lichtjes knipperden en er klonk een regelmatige piep. Jess deed de luxaflex naar beneden en zette haar muts en bril af: half bedekt. Ze boog haar hoofd naar de bloemen en ademde diep in zodat de bloemengeur de scherpe ziekenhuislucht van ontsmettingsmiddelen verdrong.

Op het nachtkastje stond een foto. Er was een familie op te zien, staand op een gammel uitziende steiger die zich uitstrekte over een bevroren meer. Op de voorgrond stonden met rijp bedekte bloemen en in de verte rezen besneeuwde bergen op. Zonlicht liet het ijs glinsteren. Zonlicht... Ineens voelde Jess druk op haar borst. Ze onderdrukte haar verdriet en draaide zich naar de jongen.

De jongen was haast zo bleek als Jess zelf. Spinnenwebben van blauwe aderen schenen door de huid bij zijn slapen. Met een zacht geluid ging zijn borst op en neer. Hij was mager, magerder dan op de foto. Daarop stond hij tussen zijn ouders in naar de camera te grijnzen, terwijl zij lachten naar iets achter de fotograaf.

Wie was hij? *De zoon van een spion*, bedacht ze. Zijn vader – nee, zijn moeder – werkte op de gevaarlijkste plekken ter wereld. Ze sprak acht talen, had een zwarte band in judo en kon twaalf achterwaartse salto's achter elkaar maken. Zo'n vrouw had haar zoon vast getraind om haar op te volgen. Al toen hij twaalf was kon hij van honderd meter afstand de dop van een fles schieten, een helikopter besturen en overleven in de wildernis met alleen een regenponcho en een blik bonen.

Waarom lag hij hier? Nou ja, dat was duidelijk: zijn moeder deed onderzoek naar de omkoping van belangrijke zakenmensen, toen ze was betrapt. Agenten waren op pad gestuurd om haar familie gevangen te nemen en ondanks het feit dat ze ze op afstand had weten te houden met alleen de inhoud van een bestekla, had ze de kogel waardoor haar zoon in een coma raakte niet kunnen stoppen...

Ineens voelde Jess zich vreselijk moe en begroef ze haar hoofd in haar handen. 'Sorry,' zei ze na een tijdje met een stem die dun en onnatuurlijk klonk in de stille kamer. 'Het moet vreselijk zijn om daar zo te liggen. Met al die dingen die in je armen zijn gestoken. Om niets anders te horen dan dokters en verplegers die de hele tijd over je praten.'

Even hoopte ze stiekem dat de jongen zou antwoorden, maar er was natuurlijk alleen het trage raspen van zijn ademhaling. *Waar ben je?* vroeg ze zich af. Waren zijn gedachten afgedreven naar een andere plek? Droomde hij? Of lag hij gewoon te wachten? Te wachten tot er iets zou veranderen zodat hij eindelijk wakker kon worden?

Ze ging op het bed zitten en voelde de matras inzakken onder haar gewicht. 'Ik weet een beetje hoe je je voelt. Met die dokters, bedoel ik. Ik kom hier om de paar weken en het enige wat ze doen is over me praten. Over hoe het met me gaat of wat ze de volgende keer met me willen doen. En niemand vraagt ooit wat aan mij, niet echt. Weet je wat ik wil? Ik wil dat er geen zon is, nooit. Voor niemand zon en dat iedereen hetzelfde is als ik. Klinkt dat erg? Dat ik zou willen dat de rest ook in het donker moet leven? Nou ja, het kan me niks schelen als het erg klinkt.'

Ze trok een handschoen uit, pakte de hand van de jongen en verwachtte stiekem dat zijn vingers zich om die van haar zouden vouwen. Maar er gebeurde niks; zijn vingers lagen er maar, bewegingsloos en koud. *Zo koud*, dacht ze. Ineens vlamde er een angstig gevoel in haar op. Hoe kon iemand zo koud zijn en toch nog leven? Maar sommige mensen zouden zich ook afvragen hoe iemand kon leven zonder zon, zoals zij.

'Het hoeft niet,' besloot ze. 'Niet iedereen hoeft zo te zijn als ik. Maar ik zou willen dat er een plek was waar ik naartoe kon. Ergens waar het veilig is.' Ze zuchtte diep.

Op de stoel in de hoek stond een tas, van bruin leer, versleten. Een damestas, die leek op die van haar moeder. In het openstaande vak kon ze een sleutelbos zien liggen, wat waarschijnlijk betekende dat de eigenaresse van de tas maar eventjes weg zou zijn. Wat betekende dat ze vast al op de terugweg was. Wat betekende dat Jess hier weg moest, want anders had ze heel wat uit te leggen.

'Ik hoop dat je snel wakker wordt,' fluisterde ze toen ze over de jongen heen boog. Ze streek een lok bruin haar weg die over zijn ogen was gevallen. 'En ik hoop dat je tot die tijd fijn droomt.'

Ze zigzagde terug naar de kamer van dokter Stannard, waar haar moeder al voor de deur stond te wachten. 'Vijf minuten had ik gezegd.'

Jess knikte. Het had geen zin om dat tegen te spreken.

'Die brandwond moet verzorgd worden.'

'Ik zei toch dat het niet hoeft.'

'Het moet wel, dat weet jij ook.'

'Ik wil niet.'

'En toch moet het.' Haar moeders toon werd milder. 'Kom op, kleine. Het is maar eventjes. Laten we gaan, dan kan de verpleegkundige ernaar kijken en kunnen we naar huis.'

Meer gepor en gesjor, dacht Jess. *Meer en meer en meer en meer.* Ze had er genoeg van. Meer dan genoeg. Er moest iets veranderen.

5

Die avond lag Jess wakker. Ze luisterde. De traptreden kraakten als de botten van stokoude mensen toen haar moeder naar bed ging. Een paar minuten later doofde het zachte licht dat onder haar deur door scheen. Toch bleef ze wachten. Door haar raam zag ze het licht van de lantaarnpalen dat tussen de bomen door stroomde en schaduwen wierp op de muur van haar kamer.

Pas toen ze zeker wist dat haar moeder sliep, gleed ze uit bed en trok ze een spijkerbroek en een T-shirt aan. Ze sloop naar beneden en stond even stil bij de voordeur. Ze kon nauwelijks geloven wat ze ging doen. *Ik denk dat ze voorzichtig moet doen, moeders. Echt heel voorzichtig...* Ze kromp ineen bij de herinnering aan wat dokter Stannard had gezegd. Toen drukte ze de deurklink naar beneden en liep naar buiten. Haar maag ontspande een beetje. Opeens was ze een normaal meisje, in normale kleding, dat kon doen wat ze wilde. Haar hart begon sneller te kloppen en ze glimlachte breeduit. *Ik doe het*, dacht ze. *Ik doe het echt!*

De avondlucht was vochtig en warm, maar toch rilde ze toen een briesje langs haar blote armen streek. In de wintermaanden ging ze vaak met haar moeder wandelen als het donker was, maar 's zomers, wanneer de zon pas onderging na bedtijd, zat dat er niet in. Jess vond dat in de zomer de normale regels niet zouden moeten gelden, maar haar moeder had dokter Stannard om raad gevraagd en hij was maar doorgegaan over het belang van een goede nachtrust.

Ze keek om naar haar huis, dat er hetzelfde uitzag als de andere huizen in de straat. Een paar treden leidden naar een zwarte voordeur, waarboven twee slaapkamerramen als ogen op haar neerkeken. Haar moeders kamer was aan de linkerkant. *Wat zou er gebeuren als ze wakker wordt?* dacht Jess huiverend. Ze kon teruggaan, dat zou gemakkelijk zijn. Maar er was een hele stad die ze alleen had gezien vanachter de geblindeerde ramen van de auto of de oranje glazen van haar skibril. En overdag zagen mensen haar als een vreemd wezen waar je naar mocht staren en fluisterend over moest spreken.

Ze ademde diep uit en liep door haar straat: een dunne streep asfalt tussen rijtjeshuizen van rode bakstenen. Op de hoek zat een buurtwinkel met een helderblauw uithangbord dat vrolijk bedoeld was, maar er op de een of andere manier vreselijk treurig uitzag.

'Zo is het ver genoeg,' zei ze tegen zichzelf. Het was midden in de nacht, dus het móést maar ver genoeg zijn. Toch liep ze verder door het doolhof van huizen naar de hoofdstraat. In haar hoofd dreunde het, steeds sneller en harder. Ze kon haar groeiende opwinding nauwelijks onderdrukken.

Alle winkels waren dicht. De rolluiken leken op gesloten oogleden en reflecteerden dof het licht van de lantaarnpalen. Ze wist dat het hier overdag zwart zag van de mensen, maar 's nachts was de stad een andere plek. De goten zaten verstopt met allerlei rommel en het stonk er naar gefrituurd eten en azijn.

Ze keek er niet van op dat mensen naar haar staarden: het is tenslotte ongewoon dat een jong meisje 's nachts op straat loopt en ze was ook nog klein voor haar leeftijd. Een oudere man en vrouw die elkaars hand vasthielden, stonden stil. Even was Jess bang dat ze zouden vragen waar haar ouders waren, dus stapte ze door in hetzelfde tempo alsof het normaal was dat ze daar liep. Maar in gedachten maakte ze zichzelf klein. Toen ze de mensen voorbijging, voelde ze dat hun ogen van haar af gleden. Ze glimlachte in zichzelf.

Vanaf de hoofdstraat liep de weg naar beneden, naar het betere deel van de stad. Aan de ene kant stonden grote huizen en aan de andere kant liep een groot hek. Daarachter lag een helling met lage bomen en struiken. Helemaal beneden was een park waar het licht van de lantaarnpalen vreemde schaduwen wierp op het grijze gras. Een meertje glinsterde als een zwartzilveren spiegel.

Jess liet haar handen rusten op de spijlen van het hek, die verfrissend koel aanvoelden in de zwoele lucht. Vanaf waar ze stond, kon ze de halfverlichte speeltuin zien die in een hoek was weggestopt, dicht bij de sportvelden. Op dit uur van de nacht was het er uitgestorven. De metalen speeltoestellen waren leeg.

Het hek kreunde toen ze het openduwde. Over het zigzagpad liep ze naar beneden. Ze ging op een van de schommels zitten en begon van voren naar achteren te bewegen. Stofwolken stegen op toen haar schoenen de grond raakten. *Dit is beter dan niks*, dacht ze, alsof ze hier zittend in het licht van de lampen iets zou meekrijgen van wat ze overdag moest missen.

Als ze haar best deed, kon ze zich de kinderen voorstellen die hier overdag waren. Ze zag ze net zo scherp voor zich als de personages in haar verhalen. Jess praatte hardop en vertelde wat ze zag alsof ze voorlas uit een boek. Daar, op de wip, zaten een broer en zus: een tweeling zo te zien. De vrouw die naast hen zat, was vast hun moeder. Alle drie hadden ze hetzelfde dikke zwarte haar. Twee jongetjes maakten het geluid van een politiesirene en renden zo hard op de moeder af dat ze wel aan de kant moest springen. De vrouw lachte en schudde haar hoofd.

Aan de andere kant van de speeltuin moest een Indiaas meisje met een tandpastaglimlach steeds hoger op het klimrek klimmen van een jonger, blond vriendinnetje; een vader probeerde zonder veel succes een schreeuwende kleuter op de glijbaan te krijgen; drie moeders zaten naast elkaar op een bankje, ieder met één oog op hun telefoon en het andere op hun kind. Het geschreeuw, gehuil en gelach versmolt tot een schitterend lawaai. De speeltuin was een heerlijke levendige chaos.

En toen stopte het. In de speeltuin was het alleen nog maar donker en leeg. De wind liet de kettingen van de schommels kraken. Jess werd er stil van.

Toen ze klein was, regelde Jess' moeder dat er kinderen kwamen spelen. Maar het was altijd lastig geweest. Het was moeilijk om bevriend te blijven met het meisje dat niet naar buiten mocht en niet naar school ging. Ze kon zich de dag nog goed herinneren toen haar laatste vriendschappen op een pijnlijke manier waren geëindigd. Twee zogenaamde vriendinnetjes hadden Jess verteld dat ze speciaal voor haar een liedje hadden verzonnen. Jess glimlachte naar hen, blij als ze was dat ze aan haar hadden gedacht. Ze wachtte tot de meisjes zouden beginnen.

Rare Jess zit maar in huis,
In het huis, is altijd thuis.
Rare Jess gaat er nooit uit,
Dan krijgt ze een rooie snuit.

Keer op keer hadden ze het liedje gezongen, tot Jess' ogen brandden van de tranen. Maar dat leek de meisjes alleen maar aan te sporen. Gelukkig had Jess' gehuil uiteindelijk de aandacht van haar moeder getrokken. Na die dag waren er twee dingen veranderd: er waren geen kinderen meer komen spelen en Jess had nooit meer gehuild bij mensen die ze niet kende.

Dat soort kinderen komt hier, dacht ze. Die hebben hier vast op de toestellen gespeeld. Maar nooit in het holst van de nacht, zoals Jess dat moest. De speeltuin die de kinderen zagen was anders.

Er klonk een geluid. Jess stopte met schommelen en luisterde aandachtig. Niets. Er was niets. En toch begon het weer te dreunen in haar hoofd. Het klonk als: *er is iets mis, er is iets mis.* Jess gleed van de schommel. Ze tuurde naar het smalle pad dat omhoogliep naar de hoofdweg.

Via die weg moest ze naar huis. Was daarboven iets wat haar wilde bespringen? *Er is iets mis, er is iets mis,* dreunde het. De huid van haar nek tintelde en ze rilde alsof er een koude wind stond.

Het kon van alles zijn. Een vos of een konijn. Of een... een iets. Iets wat zich schuilhield en naar haar loerde. Dat was genoeg: ze werd overspoeld door paniek zoals vloedgolven een boot overspoelen. Snel keek ze om zich heen of ze een andere uitweg zag. De speeltuin werd omringd door een hoge heg. Als ze ertussendoor kon glippen, zou ze over de sportvelden naar de weg kunnen rennen. Ze zocht en vond een gat waar ze zich door kon wurmen.

Een misselijkmakende dennengeur vulde haar neus en mond, alsof de bomen elkaar in hun eigen taal riepen dat er zich een indringer in hun midden bevond. Grote vaalgroene takken krasten over haar huid. Zelfs de naalden die de grond bedekten mengden zich in de strijd: ze schreeuwden het uit bij elke voetstap die hen vermorzelde. Jess beschermde haar gezicht en duwde de takken aan de kant. Het was bijna alsof ze naar de andere kant zwóm.

Maar er was geen vluchtweg. Ze stond in een nauwe gang met de bomen in haar rug en een ondoordringbare laurierhaag voor haar neus. Ze stelde zich voor dat wie of wat er ook naar haar loerde de speeltuin begon over te steken met zware natte voetstappen: een druipend nachtwezen. Weer was er ineens een ijzige windvlaag die niet paste bij de zomernacht. Een angstig gevoel bekroop haar. Ze moest een weg door de haag vinden. Ze wrong zich door de gang tot ze uiteindelijk, godzijdank, een gat vond in de haag. Het enige wat ze hoefde te doen was zorgen dat ze bij de sportvelden kwam die aan de andere kant van de haag lagen, en dan rennen. Terugrennen naar de weg, door de stad en haar bed in duiken.

Ze ging het gat door en het onmogelijke binnen.

6

Het duizelde Jess. Ze snapte niet wat ze zag, hoe ze ook haar best deed. Het was zo vreemd en onlogisch, dat haar gedachten haperden en stopten. Toen haar gedachten langzaam weer op gang kwamen, keek Jess vol verwondering rond. Want toen ze door het gat was gestapt, was alles veranderd.

De maan was verdwenen. Enkele seconden geleden was hij er nog geweest, maar nu was hij nergens te bekennen. De hemel was compleet anders. De vertrouwde, met sterren bestrooide donkere nachtlucht was vervangen door een vlekkerig, schemerend licht, zoals de prachtigste zonsondergang die je je kunt voorstellen. In de verte was het licht zachtpaars, boven haar hoofd dieppaars. Hoewel er geen zon aan de hemel stond, gloeiden de randen van de streperige wolken.

Ze had kippenvel op haar armen. De avondlucht was niet langer zacht en warm, maar scherp en bijtend koud.

En wat het meest opviel: alles was glinsterend wit. Ze zette een paar stappen naar voren en hoorde zacht gekraak onder haar gympen. Toen ze naar beneden keek, zag ze dat ze op een grasveld liep. Maar in plaats van gras waren er sprieten van ijs. Toen ze achteromkeek, zag ze dat ze voetstappen van versplinterd ijs had achtergelaten.

Ze was in een tuin. Een tuin van ijs. Hij was niet bedékt met ijs, zoals een normale tuin op een winterochtend of als het gesneeuwd heeft. Nee, elke boom, steen, bloem en grasspriet bestónd helemaal uit ijs.

Jess sloot haar ogen en verwachtte dat de luchtspiegeling verdwenen zou zijn als ze ze weer opendeed. Maar de luchtspiegeling was er nog steeds. De luchtspiegeling was echt. In de ijzige lucht veranderde haar adem in een wolk. Ze had het gevoel dat er een strakgespannen snaar door haar heen liep. Tegelijkertijd voelde ze zich bang en blij.

Achter haar rees een gigantische witte wand op waar ze niet overheen kon kijken. In het midden liep de smalle opening waar ze doorheen was gekomen. Het ijs was massief, voelde vreemd genoeg glad aan en leek meters dik te zijn. Maar toen ze terugliep door de opening, bleek het ijs niet dikker dan een paar centimeter. De andere kant was nog hetzelfde: een laurierhaag met vlak erachter de dennenbomen. Het was zomer en de vollemaan stond nog steeds aan de hemel. Eigenlijk was alles gewoon... normaal. Maar toen ze terugging door het gat in de heg, was de wereld totaal veranderd. Het was alsof je naar een auto keek, eromheen liep en ontdekte dat die auto eigenlijk een olifant was. Allebei leken ze helemaal echt te zijn: geen bedrog of speling van het licht.

Dit kan niet kloppen, dacht Jess. *Dit is gewoon...* Maar wat kon verklaren wat ze met eigen ogen zag?

Ze onderzocht het gat en zag dat er zich ijs had gevormd om de takken van de haag die er op sommige plaatsen doorheen staken. Onderaan zat er zelfs een gedeukt colablikje onder het ijsoppervlak, als een eeuwenoud insect gevangen in barnsteen. Er was geen andere verklaring: in dit gat smolten twee werelden samen. Aan de ene kant bevond zich de wereld die ze kende en aan de andere kant een ijstuin.

Het was er helemaal stil. Zo stil dat het bijna zenuwslopend was. In de stad hoorde je altijd wel het geronk van auto's in de verte of het lawaai van vliegverkeer boven je hoofd. Maar de stilte in de ijstuin was zo zuiver als de lucht. Vanuit haar eigen wereld lekte er geen geluid door. Ze was hier helemaal alleen, besefte ze. Er was niemand die haar kon storen. *En niemand die me vertelt wat ik moet doen.*

Ze sloeg haar armen om zich heen en wreef zich warm. Even dacht ze erover om naar huis te rennen voor een trui en een jas. Maar wat als ze deze plek niet terug kon vinden? Of erger: wat als de ingang zich sloot als ze weg was? Ze duwde haar handen diep in haar zakken, ging op weg over het hoofdpad en negeerde de kleinere paden die af en toe aan beide kanten verschenen. Het ijs was niet overal even helder. De bloemen hadden een vleugje kleur, in wel duizend verschillende tinten. Ze bukte zich en plukte er een. De stengel brak als een ijspegel aan een raamkozijn. Toen ze de bloem van dichtbij bekeek, zag ze dat hij doorzichtig was, maar ook dooraderd met scheurtjes die een beetje glinsterden. Ze merkte dat ze haar adem inhield, alsof ze bang was dat een kleine verandering de betovering zou verbreken.

Een eind verderop was een lage berg. Jess ging die kant op, misschien had ze dan een beter uitzicht over de tuin. Ze liep langs de voet van de berg tot het pad steil omhoog begon te slingeren naar de top. Ze hijgde nu en ademde wolkjes uit. Op de top stond een rots van ijs, ongeveer zo groot als een lange man. *Zo lang als dokter Stannard*, dacht ze met een steek van ergernis. Aan één kant was een holte die een zitting vormde. 'Een troon,' zei ze tegen zichzelf toen ze ging zitten en het uitzicht in zich opnam.

Rond haar strekte de tuin zich uit als het park van een landhuis, maar dan glinsterend wit en glanzend als zilver. Een spinnenweb van slingerende paden liep kriskras over het heuvelachtige terrein. Hier en daar stond een enorme boom, als een schildwacht, terwijl kleinere bomen in bosjes bij elkaar stonden, alsof ze aan het roddelen waren. Een cirkel van bomen omrandde de tuin.

Met haar ogen zocht ze het landschap af. Ze nam de details hongerig in zich op en begon de dingen die ze zag namen te geven alsof het plekken waren in haar verhalen. Beneden tussen de bloembedden stond een kolossale boom met een scheve stam en twee takken die naar voren hingen als armen. *De Oude Man*, dacht ze. Aan de andere kant van de Troon liep een lange helling van zilver gras sierlijk naar beneden: de Oprijlaan leek er goed bij te passen. In de echte wereld was alles wat je zag, elke plek waar je naartoe ging, al benoemd door iemand anders. Maar de ijstuin was onontdekt gebied. *De dingen kunnen hier heten zoals ik wil*, dacht ze.

Ver weg, onder aan de Oprijlaan, stonden verschillende hoge hagen aaneengeschakeld in een vreemd patroon. Jess ging staan en kneep haar ogen tot spleetjes om beter te kunnen kijken. Opeens losten de vormen op en realiseerde ze zich waar ze naar keek.

'Een doolhof,' zei ze hardop. 'Een doolhof!'

Ineens moest ze heel hard lachen. Ze spreidde haar armen en draaide rondjes. Deze vreemde plek was van haar en van haar alleen.

Maar haar lach bleef in haar keel steken toen ze iets nieuws zag, iets wat haar nog niet was opgevallen. Ze liep naar de rand van de berg. Daar was de grond hard en glad, zonder enige bedekking van ijsgras. Maar er was één stuk waar de wind een lage sneeuwbank had gevormd. En daar, in het midden, stond een voetafdruk. Ze staarde ernaar met open mond: het was de voetafdruk van een mens.

'Er is hier nog iemand,' zei ze zacht. Een koude bries streelde haar haren.

7

Jess pakte haar lievelingspen en wat blaadjes en knipte haar bureaulamp aan. Ze moest zich inhouden om niet in één ruk op te schrijven wat er gisternacht allemaal was gebeurd. Als ze haar enorme avontuur kon vangen in goed gekozen woorden en zinnen, zou ze het misschien kunnen begrijpen. Of was dat niet mogelijk? Hoe zou wat gekrabbel op een stuk papier haar kunnen helpen iets ongelofelijks te begrijpen? En er was nog iets wat haar tegenhield: de angst die haar bekroop als ze terugdacht aan de voetafdruk. *Ik was daar niet alleen,* dacht ze. In haar bevroren paradijs was nog iemand geweest. Iemand die haar misschien wel in de gaten had gehouden.

Of heb ik het me verbeeld? vroeg ze zich af. Léék het alleen op een voetafdruk? Ze dacht terug aan hoe haar voetstappen eruit hadden gezien: het profiel van de zool van haar gympen was duidelijk zichtbaar geweest in het ijsgras. Zo had de voetafdruk er helemaal niet uitgezien. Die leek meer op een vage afdruk van een blote voet in zand. En wie liep er nou zonder schoenen in de sneeuw? Toch kreeg ze kippenvel van de gedachte.

Ze keek haar kamer rond op zoek naar inspiratie. De dikke gordijnen hielden elk straaltje zonlicht tegen. De ramen kon ze niet openzetten, want dan zou een windvlaag de gordijnen kunnen openblazen. Daarom stond er in de hoek bij de deur een airco te draaien. De lamp boven haar bed had een zilverkleurige kap die het felle schijnsel van het peertje verzachtte. De muren waren bedekt met plaatjes die ze had uitgeprint, vooral van dingen die ze ook zelf verzon: torenhoge gotische kastelen en diepe donkere wouden. Maar er hingen ook foto's van de popgroep waar ze fan van was. Van de brede glimlach en het perfecte haar van de bandleden sloeg haar hart een slag over.

Maar vandaag hielp dat allemaal niet. Ze kreeg geen ideeën en het enige wat ze deed was haar handtekening oefenen op het bovenste vel papier. Ze vond het belangrijk om een goede handtekening te hebben, zodat ze later al die verkochte boeken kon signeren. Ze stelde zich de rijen mensen voor, de gesprekjes, de kinderen die haar vertelden hoeveel haar verhalen voor hen betekenden. *Als ik in de boekwinkel ben, zullen ze daar wel de ramen moeten verduisteren,* dacht ze. *Het is dat of ik moet me helemaal bedekken.* De gedachte was als een klap in haar gezicht. Ze haatte dit soort momenten waarop de werkelijkheid haar fantasie kapotsloeg. Gelukkig kon ze er niet in blijven hangen, want de deurbel ging en een paar tellen later klonk er een vrolijk '*Bonjour!*'

Hoewel Jess meestal les kreeg van haar moeder, waren er vakken waarvoor er leraren van buiten kwamen. Verreweg haar minst favoriete was mevrouw Agatha Dobson, die sprak met een Frans accent terwijl ze pas op haar veertigste voor het eerst in Frankrijk was geweest.

Met tegenzin kwam Jess overeind en ze sleepte zich de trap af.

'*Bonjour*, Jessica,' zei Madame, zoals ze graag genoemd werd.

'Het is Jess, niet Jessica.'

'*En français, s'il te plaît.*'

'Ik weet niet wat Jessica in het Frans is.'

Haar moeder schraapte haar keel en wierp haar een blik toe.

Madame rook alsof ze zich overgoot met parfum. Je zou denken dat ze de oorlog had verklaard aan de natuurlijke geuren van de wereld. Heupwiegend liep ze door de keuken. Haar lijf was gewikkeld in een lange jurk, afgezet met kralen die tegen elkaar tikten. Ze vlijde zich aan tafel. Jess vroeg zich af waarom Madame – als ze wilde dat iedereen dacht dat ze uit Frankrijk kwam – niet op z'n minst haar achternaam had veranderd. *D'Obson* zou kunnen. Jess haalde haar tekstboek uit de stapel in de hal, nam een laatste hap frisse lucht en stortte zich op haar les. Maar hoe ze ook haar best deed tijdens het uur vol werkwoorden en zelfstandige naamwoorden, ze kon niet voorkomen dat haar gedachten afdwaalden. Naar de bomen van glinsterend zilver, en ook naar de jongen in het ziekenhuisbed.

Ze herinnerde zich hoe koud zijn hand was geweest. *Misschien wil hij een verhaal horen*, dacht ze. Dan heeft hij iets anders om naar te luisteren dan het eindeloze gepraat van dokter Stannard. Dokters houden ervan om alles zo moeilijk mogelijk uit te leggen, zodat je ze wel moet geloven. Zo behouden ze hun macht. En zo kregen ze het voor elkaar dat een slimme vrouw als haar moeder instemde met alles wat ze zeiden, zelfs als haar eigen dochter veel beter wist wat goed voor haar was. Een verhaal zou de jongen daarvan verlossen, al was het maar voor even.

'Jessica? Jessica!' Madame tikte met haar hand op de tafel.

'Sorry, wat?'

'"*Excusez-moi, s'il te plaît!*"'

Jess keek naar haar boek. Ze kon zich niet herinneren dat ze de bladzijde had omgeslagen. Er stond een foto op van een weerman naast een weerkaart. Wat was de bedoeling?

'Alsjeblieft, Jessica. Het is zonnig.'

'*Il fait beau.*'

'Het is warm.'

'*Il fait chaud.*'

'Het is koud.'

'*Il fait froid.*'

'Het sneeuwt.'

'*Il neige.*'

Il fait froid. Il neige...

De jongen zou een verhaal willen horen... Toen Madame weg was, trok Jess zich op haar kamer terug en probeerde te schrijven. Eerst dacht ze na over wat híj leuk zou vinden, maar dat werkte niet. Ze moest schrijven over wat zíj wilde, om het verhaal de smaak en geur van haar eigen verbeelding te geven.

Ze richtte zich op het papier en ademde diep in. Ze moest zich niet laten afleiden. In haar verbeelding zag ze hoe ze de ingang naar de ijstuin vond, alleen lag de tuin nu achter een grote metalen poort. Ze draaide de poort op slot en borg de sleutel op voor een later moment. Achter haar was een andere deur. Die leidde naar de ziekenhuiskamer van de jongen. Ook die sloot ze af. Ze wist dat ze de jongen binnenkort in het echt zou zien. Nu kon ze gaan schrijven.

Ze begon aan een verhaal over een kleermaker die ontdekte dat alle kleren die hij maakte uit elkaar vielen zodra iemand het woord 'sinaasappels' zei. Hij probeerde andere stoffen, ander draad, zelfs een andere naaimachine, maar steeds was de uitkomst hetzelfde: wanneer iemand in de buurt van zijn creaties dat rampzalige woord uitsprak, liet elke steek los en eindigde het kledingstuk als een berg lappen op de grond. Ze schreef snel. Haar rode pen schoot in lussen en punten over de pagina.

Het verhaal rook naar citrusfruit en kruiden. Haar personages ruzieden en lachten luidkeels op een manier die je niet hoorde in de verregende straten van haar stad. Ze leefden hun levens onder de brandende, Midden-Oosterse zon. Jess stopte even. Hoe kon ze de zon beschrijven? Hoe kon ze op haar lezer overbrengen hoe de zon voelde? Ze staarde naar de pagina. Ze moest iets verzinnen, wat dan ook. Ze greep haar pen zo stevig vast dat haar vingers rode en witte vlekken kregen. Tranen prikten in haar ogen en ze beet op haar lip tot het pijn deed. Ze kon er niet aan ontsnappen. Ze was nooit zonder haar aandoening, zelfs niet in haar verhalen.

Ze dwong zichzelf normaal te ademen. Zij was de baas. *Het regende al maanden en de mensen dachten dat het misschien nooit meer zou stoppen*, schreef ze. Zo zou het moeten lukken.

Eindelijk was het af. Ze leunde achterover om de vier slordig beschreven blaadjes te bekijken. Het was kort maar goed, dacht ze.

Er werd geklopt. Een paar seconden later stak haar moeder haar hoofd om de deur. Ze keek scheel en had haar wangen opgeblazen. Jess probeerde niet te lachen en snoof. Haar moeder glimlachte.

'Gaat het goed, kleine?' zei ze.

'Ik heb net een nieuw verhaal af.'

'Mag ik het lezen?'

'Als...' begon Jess.

'Het hele boek af is,' vulde haar moeder aan. 'Ik weet het, ik weet het.' Ze schudde haar hoofd. 'Ik wilde zeggen dat je je moet aankleden om naar buiten te gaan.'

'Naar buiten? Waarvoor?'

'Een uitje.'

'Waar gaan we heen?'

'Dat merk je wel als we er zijn.'

'Helemaal bedekt?'

'Helemaal bedekt.'

'Kunnen we niet hier blijven?' Jess werd moe van haar eigen gezeur.

'Doe niet zo raar, je weet niet eens waar we naartoe gaan.'

'Is het leuk daar?'

'Kom, anders zijn we te laat.'

'Zeg nou,' drong ze aan.

'Naar het ziekenhuis.'

'Maar daar waren we gisteren al!'

'Dat klopt, maar normaal gesproken heb je toch niet zo'n brandwond?' Haar moeder knikte naar het verband om Jess' pols.

'Dus jij wist dat we terug moesten?'

'Toen jij uit wandelen ging, zei de dokter dat het moest.'

'En dat heb je me niet verteld!'

'Nee, want ik had geen zin in vierentwintig uur dit humeur.'

Jess' bloed kookte als water in een pan. Ze klemde haar kaken op elkaar en probeerde met de woeste blik in haar ogen gaten te branden in haar moeders gezicht.

Haar moeder zuchtte. 'Het spijt me, oké? Ik had het moeten zeggen. Weet je, ik vind er ook niks aan.' De toon in haar stem verhardde. 'Jessica, je hebt een nare wond op je pols. Die moet worden verzorgd en er moet een nieuw verband omheen. Dus schiet op, anders komen we te laat.'

Met tegenzin stond Jess op.

'Het spijt me. Kleine? Ik zei dat het me spijt.'

Haar moeder stak haar hand uit en na een tijdje haakte Jess haar vingers in de hare. Ze glimlachten. Ze hadden niet in de gaten hoeveel hun gezichtsuitdrukkingen op elkaar leken.

Toen ze de kamer verlieten, pakte Jess de bladzijden van *De ongelukkige kleermaker* mee en stopte ze in een plastic map. Ze zou het verhaal eerder aan haar luisteraar kunnen voorlezen dan ze had gedacht.

8

Hoe kon ze wegglippen? Die vraag spookte door haar hoofd terwijl de zuster bezig was met de brandwond. Het was een akelige wond waar vocht uit kwam. De in plastic handschoenen gestoken vingers van de zuster prikten, maar Jess probeerde geen spier in haar gezicht te vertrekken.

Toen ze klaar waren, volgde ze haar moeder door het doolhof van gangen. In dit tempo zou het verhaal gewoon weer mee naar huis gaan en dat was niet de bedoeling. De jongen zou het fijn vinden om het te horen, dacht ze. Zelfs als hij niet kon reageren. *Denk na*, Jess, zei ze tegen zichzelf. Het was haar gelukt om een magische nieuwe wereld te ontdekken, dus dan zou het zeker lukken om iets te verzinnen zodat ze even weg kon. Natuurlijk kon ze het eerlijk vertellen. Maar misschien vond haar moeder het allemaal onzin en dan was het klaar voor het echt was begonnen. Ze kon zeggen dat ze naar de wc moest, maar dat gaf haar niet genoeg tijd. Ze had geen ideeen meer en ze waren bijna bij de lift toen er een schel geluid klonk vanuit haar moeders broekzak. Ze nam haar telefoon op en toen Jess hoorde dat haar moeders stem wat lager en langzamer werd, wist ze dat het over werk ging.

'Het spijt me heel erg, maar ik ben nu niet thuis. Ik kan u bellen als ik daar ben. Dat is over ongeveer twintig minuten.'

Jess schudde haar hoofd zo lang dat ze bang werd dat het eraf zou vallen.

'Wat?' zei haar moeder zonder geluid.

'Bel maar,' fluisterde ze. 'Ik red me wel.'

Haar moeder perste haar lippen op elkaar, die zo een grappige driehoek vormden met rimpeltjes eromheen. 'Het is goed, echt,' fluisterde Jess.

Haar moeder knikte en zei toen in de telefoon: 'Ik kan tóch nu bellen.'

Jess snelde naar de kamer van de jongen. Als ze in haar eentje in de gang was, rende ze en als er iemand aankwam, remde ze af en liep ze. Zelfs zonder dat ze helemaal was bedekt, was dat vast een raar gezicht, dacht ze.

Ze klopte zachtjes op de deur en toen er geen antwoord kwam, stak ze haar hoofd naar binnen. De jongen was alleen. Alles was hetzelfde als de vorige keer, op de fotolijst na die was omgevallen met de afbeelding naar beneden. Ze zette hem rechtop, liet de luxaflex zakken en sleepte een zware houten stoel uit de hoek. Toen zette ze haar muts af.

‘Daar ben ik weer, slaapkopje,’ zei ze terwijl ze de papieren uit de plastic map haalde. ‘Ik heb iets voor je meegebracht.’ Ze streek een lok lichtbruin haar van zijn voorhoofd. Zijn gezicht was hartvormig met hoge puntige jukbeenderen die waren bespikkeld met sproeten. Op zijn oogleden was een wegenkaart van bleke aderen te zien. Ze ging naast hem zitten met haar verhaal. ‘Er was eens een kleermaker,’ begon ze, ‘die de allermooiste kleren van heel het land maakte. Er werd gezegd dat zijn jurken de lelijkste vrouwen mooi konden maken en dat zijn pakken de onopvallendste mannen in prinsen konden veranderen. Maar er was één probleem en dat probleem had te maken met fruit...’

Toen ze het verhaal hardop voorlas, merkte ze dat ze de personages en de ruimtes net zo helder zag als in de echte wereld. Ze vertelde de jongen over een boze groenteboer die op een dag piemelnaakt in zijn winkel stond en de kleermaker zo erg bedreigde dat hij de stad wel moest ontvluchten. Jarenlang reisde de kleermaker rond op zoek naar een plek waar niemand ooit had gehoord van sinaasappels. Uiteindelijk belandde hij op een eilandje waar de grond zo onvruchtbaar was dat er geen gewassen op verbouwd konden worden. De eilandbewoners aten niets anders dan vis. Dit was de plek waar de kleermaker naar op zoek was geweest. Hij opende er een nieuwe winkel en hoewel de eilanders geen tanden hadden omdat ze nooit fruit aten (en vooral geen sinaasappels), kwamen ze bekend te staan als het best geklede volk ter wereld.

‘En de kleermaker was gelukkig,’ eindigde ze, ‘want alle mensen hielden van hem.’ Jess boog haar hoofd. Haar ademhaling viel samen met het gesis en gepiep van die van de jongen. Beeldschermen knipperden en vertelden hun verhaal.

'Weet je nog wat ik tegen je zei?' fluisterde Jess. 'Dat ik zou willen dat er geen zon aan de hemel stond?' Ze verstrakte toen er vanuit de gang stemmen naderden, maar die gingen voorbij. 'Ik heb een plek ontdekt,' ging ze verder. 'Ik weet niet hoe of waarom of zelfs wat voor plek het is, niet precies, maar ik heb een plek ontdekt. En het is er prachtig. Mijn ijstuin.'

Ze kwam overeind en pakte een kaart van de vensterbank. Binnenin stond:

Davey, gast.
Hou op met dat geluiwammes en word wakker.
Heel veel liefs, oom Jamie

'Davey,' zei ze en ze proefde het woord. 'Vond je het een mooi verhaal? Als je wil, kan ik er nog een schrijven. Ik weet dat je me kan horen. En ik weet dat het voor jou een beetje is zoals voor mij. Jij hebt ook niks te zeggen over wat er met je gebeurt. Daarom...' Het was gek om te zeggen, maar toch voelde het op de een of andere manier goed. 'Daarom zijn we vrienden. Ik kom je weer bezoeken. Dat beloof ik. En ik zal een nieuw verhaal voor je schrijven, Davey. Ik kom terug.'

9

Ze had zich de ijstuin niet ingebeeld. Dat wíst ze. Maar toen ze door de speeltuin liep en zich tussen de dennenbomen wrong, was ze toch bang dat hij was verdwenen. *Wees er, alsjeblieft*, dacht ze. *Alsjeblieft.*

Door het gat in de heg liep Jess de ijstuin binnen. Meteen ging de zomernacht over in een ijzige kou die beet in de onbedekte huid van haar gezicht. Ze vond dat het moment gróótser moest voelen. Zeker als ze de grens overstapte zou er een enorme storm moeten zijn of een lichtflits, maar dat gebeurde niet. In plaats daarvan was van de ene naar de andere wereld gaan even gewoon als uit een bus stappen.

Ze ademde in door haar neus en liet haar longen volstromen met de ijzige, zuivere lucht. De paarse hemel was gestreept met witte wolken die de vorm hadden van brontosaurusribben.

Ze trok de winterjas aan die ze vlak voor ze het huis had verlaten uit haar kast had gehaald. Uit de zakken haalde ze haar handschoenen. Even rook ze de muffe geur van natte wol. Ze deed haar rugzak om, waar een flesje water en een pak chocoladekoekjes in zaten. *Wees voorbereid*, zeiden ze bij de scouting. Jess was geen scout, want die waren vooral overdag buiten, maar dat betekende niet dat ze hun goede advies niet kon opvolgen.

Dit keer nam ze een ander pad, dat dwars door een weids heuvelland vol ijsbloemen liep. De grond was bedekt met grind van ijsblokjes die knarsten onder haar voeten. Ook nu ze hier voor de tweede keer was, keek ze haar ogen uit. Maar ze zag en genoot zoveel meer dan de eerste keer. Ze probeerde niet eens haar glimlach te onderdrukken.

Ze wilde zo snel mogelijk naar het bos dat ze de dag ervoor vanaf de Troon had gezien. De route was niet al te moeilijk, maar de tuin was groter dan ze had gedacht en al snel plakten haar kleren aan haar huid ondanks de kou. Uiteindelijk bereikte ze het bos. Ze bleef even staan en schoot er toen in.

Overal om haar heen stonden witte stammen die waren versierd met tere zilverkleurige blaadjes. Gloeiende bollen hingen als gekleurde kerstballen aan de takken. *Het is fruit*, besefte ze. *IJsappels.* Het bos was niet zomaar een bos: het was een boomgaard! Ze strekte haar hand uit en plukte een lichtgevende gele bol van een van de onderste takken. Ze aarzelde. Ze wist heel goed dat je niks uit de natuur moest eten waarvan je niet zeker wist of het veilig was. *Nou ja*, dacht ze en ze nam een hap.

Pijn schoot door haar voortanden naar haar voorhoofd. *Oké*, dacht ze, *geen goed idee. Koud. Veel, veel te koud.* Dus pelde ze de bovenste helft van de schil. Binnenin lag een laagje goudkleurig glanzend vocht. Ze legde haar hoofd in haar nek en dronk. Ze voelde een ijzige steek toen het vocht door haar keel gleed, maar al snel veranderde de kou in een vreemde warmte die zich door haar hele lichaam verspreidde, tot in de topjes van haar vingers.

Ze slalomde tussen de bomen door en plukte andere soorten ijsappels. Ze brak ze open en doopte haar vinger erin om te proeven. De diepblauwe waren pittig, de rode smaakten dropachtig. Al snel had ze een plakkerige mond en een opgezette buik. Ze liet een harde boer. Ze moest erom lachen. *Stel je voor dat ik zou boeren voor de neus van Madame D'Obson? Of die van dokter Stannard!*

Het begon een beetje te waaien. De wind streek langs de randjes van de ijsblaadjes en liet ze zingen. Ze brachten dezelfde zachte fluittoon voort als wanneer een natte vinger over de rand van een wijnglas glijdt.

Opeens klonk er geritsel vanuit het kreupelhout. Jess deinsde achteruit. Ze was op haar hoede. Toen kwam er een neusje met snorharen tevoorschijn vanonder een groot blad. Daarna volgde een dik lijfje met een vacht van glinsterend wit ijs. Het diertje was zo groot als een muis en zag eruit als een muis, maar dan met veel te grote flaporen die over de grond sleepten. Het staarde Jess aan met zijn hemelsblauwe ogen.

'Hallo,' zei Jess. Het diertje stak zijn neus in de lucht en rook haar onbekende geur. 'Wat ben jij, kleintje?' vroeg ze. Maar in de ijstuin had niets een naam tot zij die gaf. 'Olifantmuis,' zei ze. 'Hierbij noem ik jouw soort de Olifantmuis.' Het diertje piepte zacht, alsof het het ermee eens was. Jess lachte van opwinding.

De Olifantmuis snuffelde wat rond tot hij een ijsappel vond die in stukken op de grond lag. Het vocht was al bevroren en hij begon er met zijn messcherpe voortandjes aan te knabbelen. Van de ijsappel die ze in haar handen hield, brak Jess een stuk af en legde het heel langzaam op de grond. Dat deed ze ook met een paar andere stukken, tot er een spoor was dat de Olifantmuis kon volgen. Ze zette een paar stappen naar achteren en wachtte.

Met een ruk stak de Olifantmuis zijn kop in de lucht. Hij rook de nog vloeibare nectar die op de bosgrond droop. Zijn oren sleepten over de grond terwijl hij naar voren schuifelde. Zonder Jess ook maar een moment uit het oog te verliezen, schrokte hij het eerste stukje fruit naar binnen. Hij at elk volgend stukje op tot hij vlak naast Jess' voet zat. Dit was het moment van de waarheid. Ze durfde bijna niet te ademen toen ze een handschoen uittrok en naar beneden reikte. De haren van de vacht van de muis gingen rechtovereind staan. Kou stak in haar vingers toen ze hem heel even aanraakte. Met trippelende pootjes schoot hij van haar weg.

'Nee!' Jess sprong overeind. 'Ik wil je geen pijn doen! Dom beest!'

De Olifantmuis rende naar de top van een heuvel en sprong omhoog. Op zijn rug ontvouwde zich een paar tere libellenvleugels en hij spreidde zijn oren zodat hij veilig naar de grond kon zweven. 'Je bent een Vliegende Olifantmuis!' riep Jess verrukt. Ze klauterde de heuvel af, het dier achterna.

Ze holde tussen de bomen door en ving af en toe een glimp op van het diertje dat voor haar uit schoot. Ze lachte, rende en sprong over boomwortels.

Toen was er opeens geen grond meer. Slippend kwam Jess tot stilstand aan de rand van een enorme kloof. Haar voeten gleden weg en ze viel voorover op het ijs, dat zo hard was als diamant. De klap deed haar naar adem snakken. Hijgend draaide ze zich op haar rug en ze staarde naar de deken van paarse lucht.

Ze stond op. Voor haar lag een afgrond van minstens honderd meter breed, die zich naar beide kanten uitstrekte en een slotgracht vormde om de tuin. Ze tuurde de diepte in, maar de bodem was verborgen in duisternis. Ze raapte een ijssteen op, gooide hem in de slotgracht en luisterde. Ze hoorde niets. Als ze over de rand was geschoven, hoelang zou ze dan zijn gevallen? *Voor eeuwig*, dacht ze. Een rilling schoot door haar heen.

Over de kloof liep een smalle ijsbrug die er niet steviger uitzag dan het glazuur op een taart. Eén kant had een gebogen leuning, maar die was halverwege afgebroken. Aan de overkant leidde een pad naar een donker bos waar stammen, takken en klimplanten met elkaar waren vergroeid. Het ijs, dat er in de tuin zo helder en prachtig uitzag, had iets dreigends in het donkere bos. Ze huiverde.

Ineens schoot er een gedachte in haar hoofd. Hoe kan er een brug zijn? Bruggen worden door mensen gebouwd. Maar ja, ook tuinen worden door mensen aangelegd...

Haar gedachten werden onderbroken door schel gepiep dat van haar pols kwam. *Nu al?* De eerste keer dat Jess in de ijstuin was, merkte ze dat de tijd hier helaas net zo snel ging als op elke andere plek. Dit in tegenstelling tot de magische werelden waarover ze in boeken las. Ze had een beetje verwacht dat ze net zo lang in de ijstuin kon blijven als ze wilde en dan, als ze terugging naar de echte wereld, zou ontdekken dat er pas een paar minuten voorbij waren. Helaas was dit niet het geval. Toen ze die eerste keer thuiskwam, ontdekte ze dat het al bijna ochtend was. Dus deze keer had ze het alarm op haar horloge ingesteld.

Toen ze zich omdraaide, ving ze een glimp op van iets wat voor haar uit liep. Zag ze het goed? Rende er net iets tussen de bomen door? Ze keek achterom, naar de brug. Als er echt iets of iemand bij haar in de boomgaard zou zijn, was de brug haar enige vluchtroute. Maar aan de overkant lag dat dreigende bos... *Daar ga ik absoluut niet in*, dacht ze.

Daar was het weer! Nu wist ze het zeker. Een beweging van iets donkers achter de ijsstammen en het scherpe geluid van iets wat brak. In haar borst begon haar hart een woest ritme te hameren.

'Hallo?' zei ze zachtjes.

Was er een ijsappel gevallen? Had een boom gekraakt? Als je water op ijs giet, hoor je het binnenin breken. Misschien was het zoiets geweest.

Of het was iemand die op een tak stapte, dacht ze.

Jess ging terug naar het midden van de tuin. Ze wist nu zeker dat ze in de gaten werd gehouden. De kou was in haar botten gekropen. Ze bibberde en trok haar schouders op. Steeds weer keek ze om zich heen terwijl ze zich tussen de bomen door haastte. Het angstige gevoel dat in haar opborrelde werd haar bijna te veel. Eindelijk bereikte ze de open plek. Vanaf de top van de heuvel kon ze de wand zien die oprees naar de paarse hemel. Daar, in het midden, was de opening die terugleidde naar haar wereld. De wand leek ver weg, in elk geval verder dan ze had gelopen. Was de tuin groter geworden of leek dat maar zo? Er was maar één ding dat ze kon doen.

Rennen.

Met bonzend hart rende ze zo hard als ze kon. Ze rende de heuvel af, het pad over, slingerde door de bloembedden en stopte niet tot ze de opening had bereikt. Ze leunde met haar hand tegen de laurierhaag en voelde hoe de takken in haar koude handpalm prikten. Echte bladeren, geen ijs. Ze was opgelucht, maar buiten adem. Nog even keek ze achterom. In de tuin was het zo stil als altijd.

Maar toen draaide haar maag zich om.

In de verte stond een donkere gedaante boven op de berg. Ze had het goed gezien. Iemand had haar al die tijd in de gaten gehouden.

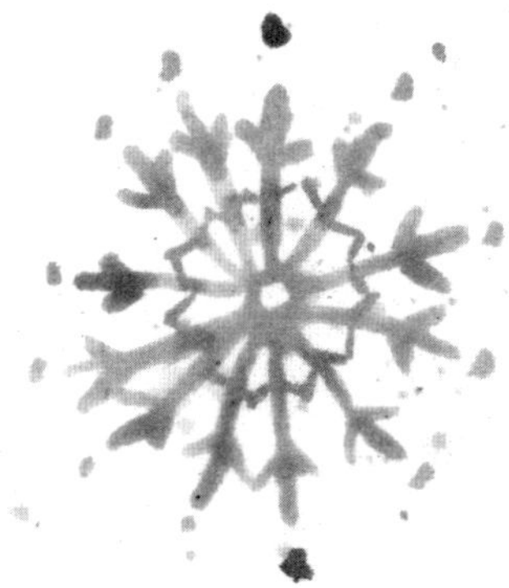

10

De volgende dag was als een ingehouden adem. Een verstikkende deken van warmte daalde neer over de stad. In Jess' huis bleef het kwik maar stijgen en uiteindelijk had haar moeder geen andere keuze dan de ramen en het merendeel van de gordijnen open te doen. 'We moeten het een beetje laten doortochten,' zei ze, 'voordat we allebei worden gebraden.' Jess zat gevangen in nog minder kamers dan gewoonlijk. Ze trok aan haar kraag en wapperde zich zo goed mogelijk koelte toe met het *Grote verhalenboek*.

Zoals altijd volgde ze haar lessen. Vandaag waren dat wiskunde, geschiedenis en aardrijkskunde. Driehoeken, Vikingen en hoefijzermeren. Haar moeder was afgeleid en stopte steeds weer om het zweet weg te vegen dat zich verzamelde in het kuiltje van haar hals. 'Ik kan niet wachten tot het kerst is,' zei ze uiteindelijk.

‘Kopen we dit jaar een echte boom?’ vroeg Jess.

‘Als het maar koeler is, mag je kopen wat je wil.’

Na een lunch met broodjes ging haar moeder aan de keukentafel zitten. Ze werkte bij een tekstbureau waar ze folders, brochures en handleidingen maakten voor hun klanten. Het was haar taak om de woordenbrij die ze aangeleverd kreeg om te zetten in iets wat mensen misschien wél wilden lezen. Vandaag was ze een folder aan het schrijven die zou worden meegegeven aan iedere nieuwe werknemer van een grote bank. WELKOM BIJ DE FAMILIE! stond erop. Ze werd simpel van dit werk, zei haar moeder weleens.

Jess ging naar boven om zelf te schrijven, maar weer kreeg ze geen ideeën. De punt van haar pen rustte werkeloos op het papier. Een stipje rode inkt doorweekte de vezels en vloeide uit. ‘Voor Davey,’ zei ze tegen zichzelf. Davey, die daar maar lag in dat ziekenhuisbed, die nodig eens meegenomen moest worden naar een onbekende en magische wereld. Dat kon zij voor hem doen. Ze hoefde alleen een verhaal te schrijven.

Ze stelde zich een lege witte kamer voor met in elke muur een deur. Meestal als ze dit deed, kwam er iemand binnen door een van de deuren. Misschien had die persoon wel iets bij zich of was hij op een bepaalde manier gekleed. Als ze twee mensen had, zouden die bijna zeker gaan praten. Al snel zou de witte kamer vervormen en in iets anders veranderen. Een verhaal zou beginnen. Maar vandaag kwam er niemand.

In gedachten ging ze terug naar de vorige nacht. Ze was met kippenvel door de stad terug naar huis gerend. Iemand had háár plek ontdekt. Wie was dat? Wat wilde die persoon?

Het was toch háár tuin? Ze voelde haar wangen rood worden. Andere mensen hadden een hele wereld om in te spelen. Zij niet. Hoe durfde iemand dan zomaar haar tuin binnen te wandelen? En waarom was ze weggerend? Waarom had ze haar plek zo gemakkelijk opgegeven? Alsof zij de indringer was en niet die ander.

Maar ze was bang geweest, dat voelde ze nog steeds in haar lichaam. Bang. Bang zoals die nacht dat ze was weggerend voor de schaduwen in de speeltuin, zoals toen dat ze in de afgrond keek in het ijsbos, zoals elke keer dat ze naar het ziekenhuis moest. Misschien verdiende ze de ijstuin niet. Misschien was de vreemdeling gekomen om haar te zeggen dat ze niet meer welkom was.

Haar gedachten waren kiezelstenen die in een diep stil deel van een rivier waren gegooid. Ze zonden rimpelingen door haar geest en zakten naar de bodem, waar ze niet hoorden.

'Jess!' riep haar moeder van beneden en ze hoorde het geluid van gordijnringen die over stangen schraapten. 'Helemaal bedekt, alsjeblieft. Nu.'

Van top tot teen bedekt zijn was alsof je in een draagbare oven zat. Jess en haar moeder haastten zich naar de overkant van de straat waar hun auto, bumper tegen bumper, tussen de wagens van de andere buurtbewoners gepropt stond.

Toen ze veilig binnen zat, trok Jess de muts van haar hoofd. Even sputterde de motor voor hij zacht begon te snorren. Haar moeder drukte op de knop van de airco en zette hem voluit. Even later stroomde er een heerlijk koel briesje door de auto. Jess leunde achterover in haar stoel en zuchtte.

'Ik kon geen minuut langer in dat huis blijven,' zei haar moeder na een tijdje.

Ze zaten naast elkaar en genoten van de temperatuur die steeds lager werd tot ze het voor het eerst die dag niet warm hadden. Haar moeder boog zich voorover om de airco wat minder hard te laten blazen, maar Jess raakte haar uitgestoken hand even aan en schudde haar hoofd. De koude lucht gaf haar een beetje het gevoel boven op de Oprijlaan te staan, midden in de ijzige wind.

'Goed, we kunnen hier niet de hele dag blijven zitten,' zei haar moeder ten slotte. Ze bewoog de versnellingspook en stak een paar keer voor- en achteruit tot ze weg konden rijden. Het stadscentrum was zo goed als uitgestorven. Ze reden over eindeloos veel vluchtheuvels terwijl er gebabbel uit de radio stroomde. Buiten de stad reden ze langs pakhuizen van metalen golfplaten die dicht bij elkaar stonden, langs kantoorgebouwen, langs het stralende winkelcentrum met zijn grote supermarkten en kledingwinkels.

'Dit is mijn lievelingsnummer!' riep haar moeder en ze zette het geluid harder. Ze begon mee te zingen, net zo vaak vals als zuiver. Jess moest erom lachen en al snel lagen ze allebei zo dubbel dat ze de auto even aan de kant van de weg moesten zetten.

Rondom hen strekte het platteland zich uit. Langs de landweg groeiden struiken. Achter hen lagen velden vol goudkleurige sprieten die volop in de groei waren. Een zware bloemengeur werd door de airco naar binnen gezogen. Maar uiteraard was alles in schaduwen gehuld, alsof je door een zonnebril keek. Daar zorgden de speciale getinte ramen wel voor.

Ze reden een groot slingerend rondje, om via de andere kant de stad weer binnen te gaan. Hier waren de huizen groot: overweldigende gebouwen verstopt achter automatische poorten.

Jess herkende de route. Ze leunde naar voren op haar stoel en ja hoor, haar moeder stuurde de auto de weg op die naar de speeltuin leidde. De motor bromde toen ze de steile heuvel omhooggingen en Jess draaide haar hoofd naar het park. Er zaten wat mensen op het gras, sommige in de schaduw van de hoge beukenbomen, andere lagen vol in de zon. De speeltuin was zo goed als leeg, op een vrouw na die een jongetje duwde op een schommel. Jess was blij om te zien dat er niet meer kinderen speelden. Blij dat ze niet jaloers hoefde te zijn.

Halverwege de heuvel stopten ze voor een zebrapad. Jess snakte bijna naar adem. Vanaf hier had ze een perfect uitzicht op de coniferen die om de speeltuin heen stonden en op de laurierhaag erachter. Ze kon het gat zien dat naar de ijstuin leidde. Het zag er zo klein, zo gewoon uit. Voor de coniferen lag een voetbalveld vol kuilen, uitgetekend in vervaagde witte lijnen. Wie zou denken dat dit de route was naar een andere wereld? De wereld van ijsappels, de Oude Man en de Vliegende Olifantmuis. De wereld die alleen zij kende!

De druk in haar hoofd werd steeds groter. *De vreemdeling. De vreemdeling kende de ijstuin ook.*

Ze remden af voor de stoplichten bij het ziekenhuis. Jess verstijfde een beetje en wierp een blik op haar moeder. 'Maak je niet druk,' verzuchtte ze, 'we gaan er niet naartoe. Dit was niet één grote smoes om je hier te krijgen.'

'Maar mag het wel?' De woorden waren haar mond uit voor Jess de kans had om te besluiten of ze ze wilde uitspreken of niet.

'Mag wat?'

‘Naar het ziekenhuis?’

‘Je wíl vandaag naar het ziekenhuis?’ De stoplichten sprongen op groen en haar moeder stuurde de auto naar de kant van de weg. ‘Normaal gesproken moet ik je ernaartoe slépen.’

‘Dat is overdreven.’

‘Waarom zouden we ernaartoe gaan? We hebben geen afspraak.’ Een zorgelijke uitdrukking verscheen op haar moeders gezicht. ‘Behalve... Is het je brandwond? Is die erger geworden?’

‘Er is een jongen,’ flapte Jess eruit. Haar moeders mond ging open, maar er kwam geen woord uit. ‘Ik bedoel dat ik een jongen heb ontmoet.’

‘Echt? Oké. Bedoel ik. Nou ja, ik had het niet verwacht... Jij hebt een jongen ontmoet.’

‘Nou ja, niet echt ontmoet.’

‘Niet?’

‘Hij slaapt.’

‘Oké.’

‘Hij is buiten bewustzijn, bedoel ik. Hij is een patiënt. Ik kwam een beetje per ongeluk op zijn kamer.’

‘En wanneer precies heb je dit een beetje per ongeluk gedaan?’

‘Eergisteren. En toen heb ik hem gisteren een van mijn verhalen voorgelezen. Hij vond het mooi, denk ik. Al kan hij dat natuurlijk niet zeggen.’

‘Omdat hij buiten bewustzijn is.’

‘Precies.’

Haar moeder zag eruit of ze volledig de weg kwijt was.

‘Dus?’

'Dus wat?'

'Kan ik even naar hem toe?'

'Jess, je kan niet zomaar de kamer van andere patiënten binnenlopen!'

Jess voelde haar huid tintelen. Ándere patiënten. Ze was een patiënt, zelfs voor haar moeder.

'Ik wil alleen maar kijken hoe het met hem gaat. We zijn er nu toch. Ik heb erover gelezen. Het is goed voor mensen zoals hij.'

'Wat?'

'Dat er tegen ze gepraat wordt.'

'Hij heeft vast familieleden die tegen hem praten.'

'Maar die hebben geen verhalen zoals ik.'

Haar moeder fronste. 'Ik zou het aan dokter Stannard kunnen vragen, denk ik...'

'Nee!' Jess schreeuwde het bijna. 'Nee,' zei ze aardiger, 'dat hoeft niet. Het is goed. We hoeven toch niet overal zijn toestemming voor te vragen?'

Ze reden weg. Even dacht Jess dat ze voor niks had zitten smeken. Maar een tel later draaiden ze de parkeerplaats op.

11

'Hallo, Davey,' zei Jess. Haar moeder had ermee ingestemd dat ze een paar minuutjes naar hem toe ging. Ze was blij om te zien dat *De ongelukkige kleermaker* nog steeds op het tafeltje naast het bed lag. Zodra ze kon, zou ze een nieuw verhaal schrijven. Net toen ze de stoel wilde pakken om naast zijn bed te kunnen zitten, kraakte de deur en kwam er een vrouw binnen. Jess herkende haar meteen van de foto. Al zag ze er net als de jongen op die vakantiefoto heel anders uit. Haar lach was verdwenen en onder haar ogen zaten duidelijk zichtbare paarse wallen.

'Wat ben je aan…' begon de vrouw. Haar stem klonk schel. 'Jij hebt hier niks te zoeken.'

'Sorry,' zei Jess. Ze drukte haar muts tegen haar borst. Geen van beiden bewoog.

'Je hebt hier niks te zoeken,' zei de vrouw weer. Ze had een beetje een zangerig accent.

'Ik kom voor Davey. Kijken hoe het met hem gaat.'

'Hoe ken je Davey? Hij kent hier niemand, we wonen hier pas sinds... sinds kort.' Haar ogen schoten naar haar zoon, die in het bed lag.

'Ik heb gisteren een verhaal voor hem meegenomen,' legde Jess uit. Meteen voelde ze zich belachelijk. 'Ik moet hier zelf naartoe voor afspraken, snapt u.'

De vrouw knipperde met haar ogen alsof ze het maar half begreep. Ineens verscheen er een glimlach op haar gezicht, als de zon die door de wolken breekt. *Wat is ze mooi*, dacht Jess.

'Jij hebt dat gedaan!' zei de moeder van de jongen. 'Jij bent het! Ik kwam gisteren binnen en zag het verhaal liggen. Ik wist niet waar het vandaan was gekomen.'

'Ik heb het aan hem voorgelezen,' zei Jess. 'Ik dacht dat hij het misschien zou horen.'

'Ja! Dat hoort hij!' De vrouw knikte nu fanatiek. 'Zeker weten. Hij hoort alles. *De ongelukkige kleermaker*, heet het?' ging ze verder. 'Ik vond het prachtig. Vond het echt heel goed.'

'Gaat het... gaat het met Davey... gaat het beter met hem?'

Even leek ze te wankelen op haar benen en Jess vreesde dat de vrouw in huilen zou uitbarsten, maar ze beheerste zich en schudde haar hoofd. 'Nee. De artsen denken niet... nou ja, ze denken dat hij misschien nooit meer...' Ze stopte met praten, niet in staat om verder te gaan.

Jess werd overspoeld door een golf van medelijden. 'Weet u

wat ik denk? Dat dokters minder weten dan ze zeggen.'

'Ja?'

'Ja. Tegen mij zeggen ze altijd dat ik dingen niet mag, maar de helft van de tijd heb ik het idee dat ze dat alleen maar zeggen om moeilijk te doen. Ik vertelde dat aan mama en zij zei dat ík soms moeilijk ben, maar dat meent ze niet want ik ben echt heel aardig.'

Net toen de vrouw iets terug wilde zeggen, verscheen Jess' moeder in de deuropening. 'Ik kon de dokter niet vinden en ik...' Toen ze zag dat haar dochter gezelschap had, slikte ze midden in de zin haar woorden in. Ze verplaatste haar gewicht van haar ene voet naar de andere. 'Het spijt me,' zei ze toen. Hoe kon ze anders uitleggen dat er twee wildvreemden in de kamer stonden?

'Het is oké,' zei de vrouw. 'Uw dochter is erg getalenteerd.'

Even zei Jess' moeder niets. Een lachje trok aan haar mondhoeken. 'Heel fijn u te ontmoeten,' zei ze. 'En ik vind het zo naar voor uw zoon.'

Davey's moeder knikte.

'Kom, kleine. Tijd om te gaan,' zei Jess' moeder.

Toen ze kamer uit liepen, riep de vrouw: 'Je gaat meer schrijven, toch? Beloof je me dat? Ik weet zeker dat hij je verhalen graag hoort.'

Jess knikte en stond even stil. 'Ik denk dat hij snel wakker wordt,' zei ze.

'Goed dan, daar duimen we voor, jij en ik.'

'Bedek jezelf, Jessica. Nu alsjeblieft,' zei haar moeder. Ze klonk streng. Maar op weg naar beneden legde ze een arm om Jess' schouders. En ze stopte pas met haar tegen zich aan drukken toen de deuren naar de ontvangsthal zich hadden geopend.

Donkere wolken verschenen aan de hemel en hulden het huis al vroeg in duisternis. Even leken ze zich in te houden om op krachten te komen. Toen barstte het los en viel de regen met bakken uit de hemel. De druppels spatten op van het asfalt. Een onstuimige wind waaide door de stad.

Voor Jess was het donker genoeg om de gordijnen open te kunnen doen en naar buiten te kijken, al ging ze toch een eindje bij het raam vandaan zitten. Het had iets moois. Iets krachtigs. Een man rende door de straat en bleef met moeite overeind in de storm. Boven zijn hoofd hield hij een kapotgeblazen paraplu. *Daar heb je meer last van dan dat-ie je helpt*, dacht Jess. Knipperend kwamen de lampen in de straat tot leven.

Af en toe prikkelden lichtflitsen haar ogen en ze telde de seconden – één, twee, drie, vier, vijf – tot de donder zich in de verte liet horen. Hij zou luider worden, het aantal seconden zou snel verminderen, tot de flits en de donder bijna samenvielen en de bliksem vlak boven hen was. Dan zou het onweer overdrijven tot de volgende golf zich aandiende.

Ze aten bijna in stilte. De klappen van het onweer vervingen het gesprek en de liedjes op de radio.

'Je bent niet bang, toch?' vroeg haar moeder haar later, toen Jess de trap op liep om naar bed te gaan.

Jess trok haar lip op en snoof.

'Je vloog altijd mijn slaapkamer in, weet je nog? Sprong bij me in bed. Elke keer als het onweerde.'

'Dat weet ik nog,' zei Jess. En toen, na een korte stilte: 'Ik denk niet dat het vanavond nodig is.'

Haar moeder lachte kleintjes. 'Nee, dat denk ik ook niet.'

Jess ging nog een paar treden op.

'Weet je nog, de eerste keer dat je vuurwerk zag...' zei haar moeder. 'Je was doodsbang. Bleef maar vragen of het boven op je zou vallen.' Ze glimlachte weer en Jess ging naar bed.

De wind bleef loeien, maar de regen stopte uiteindelijk. Jess was opgelucht. Ze had geen zin om helemaal doorweekt de ijstuin te verkennen.

Later klonken er voetstappen op de trap en na een tijdje ging het licht dat onder de deur door scheen uit. Een paar minuten gingen voorbij en Jess klom uit bed.

Ze had zich half aangekleed toen een enorme klap onweer de ramen deed trillen. Een paar seconden later ging het licht opnieuw aan. Haastig trok Jess de kleren zoveel mogelijk weer uit, terwijl een schaduw zich door de gang naar haar toe bewoog. Ze dook onder de deken met de bal kleding en hoopte maar dat die niet opviel.

Haar moeder klopte twee keer en de deur zwaaide open. Jess knipperde met haar ogen alsof ze net wakker werd uit een diepe slaap.

'Alles goed?' werd haar gevraagd.

'Tuurlijk.' Jess gaapte en rekte zich uit. *Niet overdrijven!*

'Ik dacht... ik dacht dat je misschien bang was. Dat was een harde klap.'

'Wat voor een harde klap?'

'Het onweer! Hoorde je dat niet?'

'Ik vroeg me al af waardoor ik wakker was geworden.'

'Een diepe slaper, net als je moeder.'

‘Maak je geen zorgen, ik was niet bang.’

Jess voelde een steek in haar hart. ‘Bedankt dat je even bij me kwam kijken,’ zei ze. Haar moeder glimlachte. Echt, deze keer.

‘Trusten, kleine.’

‘Trusten, mam.’

Pas toen ze zeker wist dat haar moeder weer in haar eigen kamer was, ademde Jess diep uit.

Dat ging maar net goed, dacht ze. *Echt maar net.*

Ze wachtte een halfuur en ging toen naar buiten, de storm in.

12

Ze voelde zich opgelucht toen ze weer door het gat stapte, zoals wanneer je boven water komt om je longen vol te zuigen met lucht. En toch bekroop Jess een angstig gevoel. Ze maakte zich zorgen over de vreemdeling die ze had zien loeren vanuit het bos.

Haar fantasie was altijd haar beste vriend geweest. Ze had haar verbeeldingskracht getraind: aangescherpt zodat hij zo sterk mogelijk was, zodat hij zo echt mogelijk voelde. Maar haar fantasie was niet echt. Niet echt op de manier zoals deze plek echt was. Deze vreemde plek. Deze lege plek. Deze plek met de paarse hemel die haar huid niet verbrandde. Háár plek. En nu was er een indringer. Er zat niets anders op dan de vreemdeling te vinden. Om antwoorden te krijgen op de vragen die door haar hoofd schoten. Ze haalde diep adem en ging op weg.

Ze nam een smal pad langs de bloembedden met Sneeuwknoppen en Vorstbloesem – ze gaf ze namen terwijl ze liep – tot ze aankwam bij een rij hoge witte struiken. Die vormden een lange muur met in het midden de ingang naar het doolhof.

Voorzichtig ging ze naar binnen. Ze sloeg twee keer een hoek om, eerst links en toen rechts. Aan beide kanten waren de heggen minstens drie keer hoger dan zij. De takken waren in elkaar verstrengeld en versierd met honderden blauwzilveren blaadjes. Hier en daar hingen trosjes bloedrode ijsbessen. Maar het vreemdste was dat de paden helemaal vrij waren, alsof de struiken expres waren teruggesnoeid. *Gesnoeid door wie?* dacht ze. Misschien was de vreemdeling helemaal geen indringer uit haar wereld. Misschien was hij de persoon die de tuin bijhield.

Nadat ze nog een paar keer was afgeslagen, kwam ze bij een kruising die in drie verschillende richtingen leidde. Ze stond stil. Ze had waarschijnlijk niet in haar eentje een doolhof binnen moeten gaan. Maar, nu ze toch al heen en weer ging tussen twee werelden, waarom zou dit haar dan niet ook lukken? Bovendien zouden haar voetafdrukken in de sneeuw haar vanzelf weer terugleiden naar de uitgang.

Dieper in het doolhof bogen de toppen van de struiken naar elkaar toe en vormden zo een boog. De hemel was niet te zien. Met elke stap die ze zette, ging ze verder het inktzwarte donker in. Rillingen schoten door haar rug en ze liep steeds langzamer tot ze ten slotte stilstond.

'Waar ben jij in godsnaam mee bezig, Jessica?' hoorde ze haar moeder in haar hoofd vragen. 'Dit is heel dom en heel gevaarlijk, vind je zelf ook niet?'

‘Ik vind het niet erg om risico te nemen,’ zei Jess tegen haar denkbeeldige moeder. ‘Weet je hoe saai het elke dag is voor mij?’

‘Hier hebben we het over gehad, lieverd,’ hoorde ze haar moeder zeggen. ‘Het is zoals het is. En je hebt veel om dankbaar voor te zijn. Dus waarom keer je niet om, ga je naar huis en terug naar bed?’

‘Ik kom terug zodra ik heb ontdekt wie er in mijn tuin is geweest.’

‘En hoe ga je dat doen?’

‘De tuin doorzoeken.’

‘Je kunt verdwalen. Je kunt vallen en je bezeren. Er is niemand die je kan helpen.’

‘Ik verdwaal niet.’

‘Vergeet niet dat ik zo meteen wakker word.’

‘Weet ik.’

‘Als ik al niet wakker ben.’ Haar moeders stem veranderde in het gesis van een slang. ‘Ik ben wakker, Jessica. Ik ben je kamer in gelopen en heb ontdekt dat mijn dochter is veranderd in een stapel kussens. Mijn hart breekt, lieverd. Mijn hart valt in stukken op de vloer van je slaapkamer...’

Jess sloot de deur waarachter de stem zich bevond en draaide hem op slot. Dit was haar moeder niet. Dit was haar eigen schuldgevoel dat door haar hersens kronkelde. Maar welke keus had ze? Zonder de tuin had ze alleen haar verhalen en de vrienden die ze verzon in een verlaten speeltuin.

Ze dwong zichzelf dieper het doolhof in te gaan. Steeds als het goed voelde, sloeg ze af. Ze liep verder en probeerde alleen te denken aan waar ze was, aan wat ze deed op dat moment.

Ze sloeg een hoek om en toen stokte haar adem.

Aan het einde van de gang stond iemand.
Een jongen.
Een jongen van glimmend blauw en wit ijs.
'Wie ben jij?' zei hij. 'Wat doe je hier?'

13

Jess had het gevoel alsof ze te vlug was opgestaan uit een heet bad. Het duizelde haar. *Hij is van ijs*, dacht ze. De vreemdeling kwam toch niet uit haar wereld. Zijn ogen waren blauwe ronde stenen onder wimpers van glinsterend ijs. Zijn lichaam was een ingewikkeld web van ijspegels die aan elkaar vastzaten. Maar toch was hij overduidelijk een jongen, van haar lengte en leeftijd. Het viel haar op dat hij op blote voeten liep. Wat ze had gezien wás een voetafdruk.

‘Ik zei: wat doe je hier?’ begon hij weer. Zijn stem schoot omhoog. Het viel haar op dat er sneeuwtornado’s om zijn voeten draaiden op het moment dat hij boos werd. ‘Wat doe je in mijn tuin? Je hoort hier niet.’

Ze knipperde met haar ogen. Zíjn tuin, niet die van haar. Toch geen schuilplaats voor haar alleen.

'Ik heb het tegen jou!' riep hij en ineens waaide er een ijzige wind door het doolhof.

'Ik doe niks verkeerds,' zei ze. Toch deed ze een paar stappen achteruit voor het geval de jongen gevaarlijk was.

'Je bent in mijn tuin,' beet hij haar toe. Zijn ogen priemden van woede.

'Weet ik,' zei ze.

'Waarom ben je in mijn tuin?'

'Ik heb hem ontdekt.'

'Hoe heb je hem ontdekt?'

'Weet ik niet. Ik heb hem gewoon ontdekt. Ik dacht dat hier niemand was.' Ze hoorde hoe verdedigend ze klonk.

'Ik zag je bij het donkere bos.'

'Dat dacht ik al,' antwoordde ze.

'Dus je wist wél dat hier iemand was,' zei hij alsof hij nu had gewonnen.

'Nou ja, ik denk het. Maar ik bedoelde in het begin. In het begin wist ik niet dat er hier iemand was. Later besefte ik van wel.'

'En toch kwam je terug.'

Het viel haar op dat de vingers van de jongen trilden. Hij was ook bang. Hij was bang voor háár. Ze zette een stap naar hem toe.

'Waag het niet om dichterbij te komen!' blafte hij haar toe en de sneeuw voor zijn voeten draaide omhoog in een kleine tornado, tot halverwege zijn onderbenen. De tornado schoot op haar af voor hij uit elkaar viel.

Ze stak haar handen uit met de palmen naar boven als teken van vrede.

'Blijf gewoon waar je bent,' zei hij.

'Tuurlijk,' zei ze. 'Ik ben Jess.'

De jongen dacht er even over na. 'Jij bent niet van ijs,' zei hij toen.

'Nee.'

'Hoe kan dat?'

'Nou, omdat ik een meisje ben.'

'En meisjes zijn niet van ijs?'

'Nee, maar jongens ook niet. Niemand is van ijs.' Jess voelde dat haar angst begon weg te ebben.

'Ik ben een jongen en ik ben van ijs.'

'Ik bedoel: waar ik vandaan kom, is niemand van ijs.'

'Waar kom je dan vandaan?'

Uit de echte wereld, dacht ze. 'Door de opening in de wand.'

'Die heb je ontdekt?'

'Mmm, ja.'

'Je hebt de opening ontdekt?'

'Ik bedoel... het was niet met opzet. Ik ging gewoon door een gat en toen was ik hier.'

De jongen leek er iets rustiger van te worden, alsof hem ineens iets duidelijk werd. 'En als niemand van ijs is waar jij vandaan komt, waar zijn ze dan van gemaakt?' vroeg hij.

'Van normale dingen. Je weet wel, huid en botten en spieren en zo.'

Hij huiverde. 'Ik heb geen idee wat dat zijn, maar het klinkt allemaal smerig.'

Jess glimlachte. 'Dat klopt ook wel een beetje.' Ze zette nog een stap naar hem toe.

'Waag het niet om dichterbij te komen,' zei hij weer, maar nu met minder overtuiging.

'Wat zou ik dan kunnen doen?'

'Iets slechts.'

'Waarom zou ik dat doen?'

De jongen fronste en schudde zijn hoofd. 'Geen idee,' gaf hij toe.

Hij zag er zo klein en woest uit dat Jess wel moest lachen.

'Wat?' snauwde hij.

'Niks, gewoon... Je bent anders dan ik verwachtte.'

'Wat verwachtte je dan?'

Nu moest Jéss toegeven dat ze geen idee had.

'Hoe wist je dat je mij níét verwachtte?'

De jongen had een punt, maar dat ging Jess niet toegeven. 'Hoe heet je?' vroeg ze. 'Ik bedoel... heb je een naam?'

'Tuurlijk heb ik die. Owen heet ik,' zei hij.

'Nou, leuk je te ontmoeten, Owen.'

'Het is ook leuk om jou te ontmoeten.' Hij keek haar aan. 'Zolang je geen vijand bent, bedoel ik.'

'Ik ben geen vijand.'

'Natuurlijk niet. Maar je zou wel een behoorlijk domme vijand zijn als je gewoon zou toegeven dat je een vijand was, toch?'

'Ik denk dat als ik een vijand was, ik van de daken zou schreeuwen hoe afschuwelijk ik was zodat iedereen bang voor me zou zijn.'

'Nou, dat geeft me dan een iets beter gevoel.' Even verscheen er een verlegen grijns op zijn gezicht.

'Je tuin is prachtig,' zei ze tegen hem.

De scheurtjes diep in Owens lichaam gloeiden even rood op, als kooltjes.

'Ik bedoel, veel heb ik er nog niet van gezien. Ik heb pas een beetje rondgekeken. Vanaf de Troon kon ik behoorlijk veel zien.'

'De wat?'

'De Troon. Zo noem ik dat grote stoelachtige ijsblok boven op de berg. Maar jij hebt vast je eigen namen voor de dingen, neem ik aan. Toch?'

'Nee, niet echt.'

'Hoe werkt dat dan? Ik bedoel, hoe leg je dan uit waar je naartoe gaat?'

'Uitleggen aan wie?'

'Aan de anderen.'

'Welke anderen? Ik ben hier alleen.'

Alleen, dacht Jess. *Helemaal alleen.*

'Wil je iets leuks zien?' vroeg de jongen. Zijn stem klonk zacht. Zijn boosheid en achterdocht waren nu verdwenen.

'Wat?'

Hij lachte weer. 'Ik laat het je zien,' zei hij en hij stak zijn hand uit. Toen Jess zijn hand pakte, trok ze de hare snel weer terug. Ondanks de dikke wol van haar handschoenen vloog een scherpe kou als een elektrische schok door haar heen.

Maar Owen had zich al omgedraaid en stormde weg. Ze rende achter hem aan het doolhof door. Haar hart hamerde in haar borst van de inspanning die het kostte om hem bij te houden. Hij stond belachelijk stevig op zijn benen. Terwijl zij steeds weggleed als een babyhertje, struikelde hij niet één keer. Hij bleef vlak voor haar en keek af en toe om met een brede glimlach op zijn gezicht. 'Kom op!' riep hij lachend.

Jess betrapte zich erop dat ze giechelde terwijl ze rende. Het giechelen maakte het rennen er niet gemakkelijker op, maar dat maakte niet uit. Ze deed het. Ze deed het echt. Ze was buiten aan het spelen met een ander kind. Al snel waren ze allebei buiten adem en rennend hapten ze naar lucht. Als Owen lachte, gloeide hij vanbinnen. Het was als vlak voor zonsondergang: kleuren die zich verspreidden, die opvlamden en vervaagden.

'Waar gaan we naartoe?' riep Jess. 'Weet je de weg wel?'

Het sloeg nergens op. Vanaf de Troon had het doolhof helemaal niet zo groot geleken. Toch vloog ze nu hoek na hoek om, steeds verder, nooit twee keer dezelfde gang door, alsof ze zich in een enorm labyrint bevond dat de hele tuin bedekte.

'Hoe groot is het hier?' riep ze. Ze hoorde Owen gierend lachen toen hij uit het zicht verdween.

Haar adem raspte en ze rook bloed. 'Owen?' zei ze. Toen harder: 'Owen!' Ze ging een hoek om en ineens waren er duizenden gangen waar ze uit kon kiezen, veel meer dan er in zo'n kleine ruimte hoorden te passen. Alle gangen leidden de duisternis in. Ze leken op de wijd openstaande muilen van een veelkoppig wezen. Druipend van het zweet stond ze te hijgen. Ze lachte niet meer. *Dit bestaat niet*, dacht ze.

Er klonk geruis, maar dat geluid kon ook in haar hoofd zitten. Ze had kunnen zweren dat er schaduwen uit de tunnels lekten en over de grond naar haar voeten stroomden. Het diepe zwart was hongerig. Ze zette een paar passen naar achteren. *Ze mogen me niet raken. Alsjeblieft, ze mogen me niet raken.* Ze meende een stem te horen die vanuit het duister tegen haar sprak. 'Wat ben jij?' De woorden zaten in haar hoofd. Ze werden uitgespuugd. Maar het waren niet haar gedachten. 'Wat ben jij, meisje?'

Ze stommelde naar achteren. Tot haar schrik ontdekte ze dat de heggen zich achter haar hadden gesloten en haar pad blokkeerden. Het duister kronkelde steeds dichterbij. Bijna was het bij haar tenen. Ze deed haar ogen dicht.

Niets.

Voorzichtig opende ze haar ogen. Er lag nog maar één bochtige gang voor haar. Ze zette een paar passen naar voren en verwachtte zo'n beetje dat er een schaduw-arm tevoorschijn zou schieten die haar zou grijpen. Maar er gebeurde niets. Het pad leidde het doolhof uit, naar de top van een steile heuvel. Daar leunde Owen tegen een boom.

'Wat was dat?' Haar stem kraakte in haar droge keel.

'Wat bedoel je?'

'Wat heb je gedaan?'

'Niks!'

'Dat was niet normaal. Zoiets is hier nog niet gebeurd. Dat was niet...' Ze kon de woorden niet vinden. Ze knipperde de tranen weg die ze voelde opwellen. 'Hou op, Jess,' zei ze tegen zichzelf.

'Waar heb je het over?' vroeg hij. 'Ik stond te wachten. Waarom duurde het zo lang?'

Ze keek hem aan om te zien of hij loog. 'Heb jij dat niet gedaan dan? Was jij het niet?'

'Wat heb ik niet gedaan?'

'Er was iets...' zei ze. 'Het zat achter me aan.'

'Er is hier niks. Alleen een heg.' Owen fronste.

‘En het doolhof,’ ging ze verder, ‘dat was anders. Groter. Veel groter dan ik dacht. Hoe kan dat dan?’

‘De tuin is groter dan-ie lijkt, Jess.’

‘Wat bedoel je?’

‘Hij bestaat uit lagen,’ zei Owen terwijl hij zijn armen spreidde. ‘De tuin vouwt zich uit. Tenminste, voor mij.’

Ze plofte neer. Haar benen deden pijn. Was het waar? Ze besefte hoe weinig ze echt wist van de tuin. Veel minder dan deze jongen van ijs.

‘Hoelang ben je hier al, Owen?’ vroeg ze.

Hij gaf geen antwoord, maar draaide zich om en wees. ‘Kijk,’ zei hij, ‘ik wilde dat je dit zou zien.’

Ze zag het meteen: een steile gladde geul liep kronkelend over de heuvel naar beneden de tuin in. ‘Een glijbaan,’ zei ze verrukt. Hier buiten, onder de rustige hemel, voelde het duister van het doolhof ver weg.

Owen ging als eerste. Hij keek nog even om voor een laatste advies. ‘Zorg dat je je benen optrekt als je bijna bij de grond bent,’ zei hij.

Terwijl hij naar beneden gleed, dacht zij aan al die meisjes die naar normale scholen gingen en hun normale levens leefden en die in geen miljoen jaar zoiets geks als dit zouden doen. Opeens was ze blij dat ze nooit normaal was geweest.

Jess sprong de helling af en landde op haar billen. Ze vloog door de bochten en haar lichaam werd van links naar rechts geslingerd als een pop in de hand van een kleuter. Terwijl ze naar beneden gleed, zag ze iets in de lucht boven haar. Het was een dik fladderend beest met breed uitgespreide oren. *Mijn Vliegende Olifantmuis!* dacht ze en ze lachte. Ze moest hem een echte naam geven!

Ineens zag ze de grond dichterbij komen. Net op tijd trok ze haar benen op. Ze vloog draaiend over de grond en kwam bijna elegant tot stilstand.

'Perfecte landing,' zei ze.

'Niet slecht voor een eerste keer,' verbeterde Owen haar.

Jess stond op. 'Nog een keer?'

14

De volgende drie dagen gingen in een roes voorbij. Overdag hield ze het bijna niet uit in de verstikkende zomerhitte en ’s nachts genoot ze van de verkoelende wind in de ijstuin. Meer dan eens vroeg haar moeder of het wel goed met haar ging. Dan moest ze wel ja zeggen, ook al was dat een leugen. Want het ging niet goed. Het ging fantastisch. Ze had geen aandacht voor haar lessen of de stapel boeken naast haar bed. Ze had geen interesse in tv-programma’s of kaartspelletjes. Ze had zelfs geen zin om verhalen te verzinnen en dat was haar favoriete bezigheid geweest sinds ze favoriete bezigheden had. Elke keer dat ze ging zitten om te schrijven, dwaalden haar gedachten af naar haar nieuwe vriend. Alle andere gedachten schoten weg als opgeschrikte vogels. Naast de ijstuin had ze alleen interesse in Davey en hem kon ze pas zien als ze weer naar het ziekenhuis moest.

'Wat doe je als ik hier niet ben?' vroeg Jess op de tweede avond.

'Gewone dingen,' antwoordde Owen.

'Wat is gewoon voor een ijsjongen?' vroeg ze.

'Ik slaap, ik eet, ik speel, ik denk na. Gewone dingen.' Even was hij stil. 'Wat doe jij als je niet hier bent?'

'Zo'n beetje hetzelfde,' zei ze. 'En ik heb les.'

'Wat is les?'

'Dan leer ik dingen.'

'Wat voor dingen?'

'Dingen over de wereld.'

Owen dacht na. 'Volgens mij heb ik geen les nodig,' zei hij toen.

'Iedereen heeft les nodig.'

'Maar ik ken alles wat ik nodig heb.'

'Dat is raar. Dat kan niet.'

Owen haalde zijn schouders op. 'Wat heb je vandaag geleerd?' vroeg hij.

'Nou...' Ze ademde diep in. 'Eerst had ik wiskunde, maar mijn leraar kon niet komen, want die lag met griep op bed, dus toen hebben mam en ik wiskunde maar samen gedaan, maar volgens mij wist mam niet echt waar ze het over had. Daarna las ik een boek over de industriële revolutie.'

'Wat is de industriële...' begon Owen.

'Dat was toen iedereen stopte met boer-zijn en ging werken in fabrieken en machines ging bouwen en dat soort dingen. Volgens mij zijn toen ook alle superinteressante dieren zoals eenhoorns en draken doodgemaakt.'

'Tuurlijk,' zei hij langzaam.

'En toen had ik Frans.'

'Wat is Frans?'

'Dat is de taal die mensen in Frankrijk spreken,' antwoordde ze.

'Is Frankrijk van ijs?'

'Natuurlijk niet.'

'Dan zal ik ook maar niet naar Frankrijk gaan,' zei hij.

'Doe maar niet, nee,' antwoordde ze.

Owen stond er zo beteuterd bij dat Jess niet wist of ze haar armen om hem heen moest slaan of in lachen moest uitbarsten.

'Wat?' vroeg hij met een pruillip.

'Je woont híér,' zei ze. 'Ik bedoel, kijk eens rond. Het is hier geweldig. Je hebt ijsappels! Je hebt een Vliegende Olifantmuis! Mijn wereld is helemaal niet zo. Daar is het... gewoon normaal. Daar is niks interessants. Als ik hier zou wonen, zou ik nooit ergens anders naartoe willen.'

Maar dat was niet waar, besefte ze meteen toen ze de woorden uitsprak. Haar wereld had jungles en bergen, en woestijnen van wel honderden kilometers lang. Er waren vissen met een lichtje op hun kop, die diep in de zee leefden in het stikdonker. Ze bedacht hoe vreemd het idee van een zee zou zijn voor Owen, die nog nooit vloeibaar water had gezien. Nu ze erover nadacht was zelfs haar stadje dat niks voorstelde heel bijzonder. Er liepen mensen rond met allerlei soorten technologie waar ze nauwelijks nog over nadachten. Madame Dobson was er en meneer Olmos met al zijn gekke ideeën. Davey was er, die het op de een of andere manier presteerde om haar te boeien terwijl hij de hele tijd sliep! En natuurlijk was haar moeder er... Ineens had ze een brok in haar keel.

Een hoog piepend geluid kwam van Jess' pols. Drie snelle piepjes, toen even niks en toen weer drie. Owen kreunde.

'Sorry,' zei ze. Ze zette het alarm af en krabbelde overeind. 'Tijd om te gaan.'

De volgende dag schreef ze geen nieuw verhaal. In plaats daarvan ging ze, zodra ze klaar was met haar moeders les over de geschiedenis van kanalen, helemaal bedekt naar de overkant van de straat.

Toen meneer Olmos van nummer drieëndertig de deur opendeed, schrok Jess van de grote deegroller waarmee hij stond te zwaaien. Maar toen hij haar zag verdween de donkerwolk op zijn gezicht en lachte hij zijn tanden bloot.

'Jessica!' riep hij uit. Hij zette een stap opzij en wees met de deegroller naar binnen, als een verkeersregelaar. 'Je bent al een paar dagen niet langs geweest.'

'Wat bent u daarmee aan het doen?' vroeg ze toen ze naar binnen ging.

'Met deze? Niks...' zei hij zonder haar aan te kijken.

'U was zeker aan het wachten op de postbode?'

'Postbode? Laat me niet lachen!' Hij deed of hij spuugde. 'Hij zégt dat hij een postbode is, maar is dat wel echt zo?'

'Nou ja, hij fietst rond met tassen vol post.'

'Dat is slim van hem, dat ben ik met je eens. Maar als je het mij vraagt is hij geen postbode, maar een duivel.' Hij zag dat Jess niet overtuigd was. 'Een duivel die gezonden is om mij te kwellen door mijn nieuwe bijenkast niet te bezorgen.'

'Uw wat?'

'Een bijenkorf! Ik ga bijen houden! Of tenminste, dat ga ik doen als die duivel de spullen bezorgt waar ik eerlijk voor betaald heb. Eerlijk voor betaald, Jess!'

'Dus u wilde hem een mep verkopen met de deegroller?'

'Nou... Waarschijnlijk had ik hem niet geslagen. Ik had er alleen... je weet wel... een beetje mee rondgezwaaid.'

Al pratend volgde Jess haar overbuurman door de woonkamer naar de lichte keuken aan de achterkant van het huis. Zoals altijd vond ze het geweldig om bij meneer Olmos te zijn. In haar eigen huis was het altijd keurig opgeruimd, maar op nummer drieëndertig was het een heerlijke rotzooi. Het was er niet smerig, dat niet. Het was meer dat de spullen van half afgeronde projecten op elke tafel en in alle hoeken van de kamer lagen. Overal hingen planken die doorbogen onder het gewicht van de boeken die erop stonden. Elk soort dat je kon verzinnen lag er, van in leer gebonden boeken die half zo zwaar waren als Jess, tot vergeelde oude strips. Dit was de perfecte plek om dingen te verzamelen die Owen een beeld van haar wereld zouden geven.

Meneer Olmos deed de rolgordijnen naar beneden. 'Je kunt dat gekke ding nu van je hoofd halen,' zei hij. 'Eerlijk waar, je ziet er belachelijk uit. Ik heb geen idee waarom je die muts zo graag op hebt.'

Jess grinnikte. De meeste volwassenen schrokken er zo van als ze van top tot teen bedekt was dat ze geen grapje durfden te maken.

Ze keek hoe meneer Olmos kokend water in een mok schonk. Er dreven vreemde bladeren en kruiden in. Binnen een paar seconden dampte er een smerige lucht uit de mok. 'Wil jij ook?' vroeg meneer Olmos toen hij haar de mok voorhield. Ze trok een vies gezicht.

‘Wat je wil,’ antwoordde hij schouderophalend.

‘Wat is het?’

‘Hierdoor zie ik er zo jong uit.’

Jess dacht na. De huid van meneer Olmos had de kleur en structuur van een walnoot. Zijn grijzende haar en baard waren pluizig. Maar hij keek scherp, geconcentreerd en alert uit zijn bruine ogen.

‘Mijn speciale recept,’ zei hij voor hij een slok nam. ‘Het smaakt afschuwelijk, maar daar gaat het niet om.’ Nog een slok. ‘Mijn god, dit is echt gruwelijk.’

Ze kletsten een tijdje over het aankomende bijenproject tot Jess vertelde dat ze graag een paar dingen zou willen lenen.

‘Wat voor dingen?’

‘Gewoon, dingen. U weet wel, zomaar wat dingen.’

‘Niets is hier zómaar, Jessica. Al ziet het er misschien zo uit.’

‘Ik heb een vriend. Hij komt… ergens anders vandaan. Ik wil hem laten zien hoe het leven hier is.’

‘Waar komt-ie vandaan? Komt-ie van waar ik kom? Als dat zo is, moet je hem echt een keer meenemen.’

‘Volgens mij niet, nee.’

‘Nou ja, misschien moet je hem sowieso maar een keer meenemen.’

‘Ik denk niet dat dat gaat werken.’ Even was ze stil. ‘Ik breng alles weer terug.’

Hij bekeek haar even. Ze dacht dat hij op het punt stond haar nog een vraag te stellen, maar toen haalde hij zijn schouders op. ‘Hou alles maar,’ zei hij. ‘Cadeautje.’

Toen hoorden ze het scherpe geklepper van de brievenbus. Jess dook op de deegroller af voor meneer Olmos hem kon grijpen.

15

Die nacht vulde ze haar rugzak met de spullen die ze had uitgezocht. Er zat een atlas bij, zodat ze Owen haar héle wereld kon laten zien, en een boek over Afrika, zodat hij kennismaakte met dieren van vlees en bloed. Er was een printplaatje met een lampje eraan vast, om hem iets van technologie te tonen en een plastic model van een ouderwets gevechtsvliegtuig zodat hij leerde dat technologie niet altijd voor het goede werd gebruikt. En er was een zorgvuldig opgevouwen Franse vlag. Als Owen niet naar Frankrijk kon, moest ze Frankrijk maar naar hem toe brengen.

Toen opende ze haar sokkenla en rommelde erin tot ze met haar vingers een sieradendoosje voelde. Ze viste het doosje op en haalde er iets uit dat was ingepakt in een papieren zakdoekje. Met haar vingers kon ze maar net de vorm voelen van het voorwerp dat erin zat.

Dit was het belangrijkste. Dit zou Owen iets meer over haarzelf laten zien. Ze stopte het in haar zak en ging naar buiten.

'Bedankt voor de cadeaus,' zei Owen.

'En français, s'il te plaît.'

Hij keek haar niet-begrijpend aan.

'*Merci*,' zei ze. 'Je zegt dan: *merci*.'

'Messie,' antwoordde hij.

'Dat oefenen we nog weleens.'

Ze hingen de vlag aan de takken van de Oude Man. De vlag zag er vreemd uit daar, bungelend aan de kronkelige ijstak. Af en toe waaide het een beetje en de wind deed het rood-wit-blauwe zijde golven. De andere spullen lagen tegen een heuveltje opgestapeld. Owen was dolblij en sprong van het ene naar het andere ding. Uiteindelijk stelde Jess voor alles stuk voor stuk te bespreken, maar Owen had zoveel vragen dat ze na een uur pas op een kwart van de atlas waren.

'Dus dit land heet Amerika.'

'De Verenigde Staten, dat klopt.'

'Wat zijn Verenigde Staten?'

'De Verenigde Staten van Amerika.'

'En de Verenigde Staten van Amerika liggen in Noord-Amerika?'

'Klopt.'

'Maar hierbeneden, is dat ook Amerika?'

'Dat is Zuid-Amerika.'

'En dit?'

'Midden-Amerika.'

'En dat allemaal samen is...?'

'Amerika, ja.'

'Dus het land Amerika ligt in... Amerika.'

'Volgens mij maak je het moeilijker dan het is.'

Owen fronste zijn wenkbrauwen en bladerde door naar Zuid-Azië.

Jess leunde tegen de rugzak en legde haar hand op het ingepakte voorwerp in haar zak. Ze balde haar vuist zodat haar vingers stopten met trillen. Zou ze het durven? Zou ze het hem echt durven laten zien? Het voorwerp waar zelfs haar moeder niks van wist?

'Ik heb nog iets voor je,' zei ze toen.

Owens gezicht lichtte op. 'Nog een cadeau?'

'Dit mag je niet houden. En het is een beetje raar, dus je moet me beloven dat je niet gaat lachen.'

'Hoezo raar?'

'Het is... het is iets wat bij me hoort.'

Hij legde de atlas aan de kant en ging naast haar zitten. Jess ademde diep in en haalde het voorwerp uit haar zak. Voorzichtig vouwde ze het papieren zakdoekje open waar een kegelvormige schelp in lag. Hij was in twee stukken gebroken.

'Wat is dat?' vroeg Owen. Zijn ogen schoten terug naar de stapel boeken die ze voor hem had meegenomen. 'Hij is kapot.'

'Dat weet ik, Owen.'

Hij haalde zijn schouders op.

'Ik heb hem gekregen van mijn vader.' Plotseling voelde haar mond droog. 'Toen ik klein was waren we met vakantie. Op een ochtend ging mijn vader wandelen en toen hij terugkwam had hij dit voor me. Ik weet nog... ik weet nog dat de schelp in zijn hand lag.

Zandkorreltjes plakten aan zijn huid. Zijn hand voelde zo warm toen ik de schelp van hem aanpakte. Ik weet nog hoe warm zijn hand was. Hij vertelde me dat er een dier in deze schelp had gewoond.'

'Een dier? Daarin?'

'En toen het dier doodging, spoelde de schelp aan op het strand. Misschien had hij er wel een hele tijd gelegen, zei mijn vader, en lag de schelp te wachten tot iemand hem zou zien en hem als cadeautje aan zijn allerliefste dochter zou geven. Zijn allerliefste dochter, zo noemde mijn vader me. En toen gaf hij me een kus op mijn voorhoofd.'

Ze had een knoop in haar maag en vocht tegen haar tranen.

'De schelp lag op mijn nachtkastje, maar toen mijn vader wegging wist ik dat mam de schelp niet zou willen zien, dus verstopte ik hem in mijn la. Af en toe haal ik hem eruit en kijk ik ernaar en denk ik aan de zandkorrels op mijn vaders vingers en hoe hij me op mijn voorhoofd kuste.'

'Zie je hem nog?'

'Nee.'

'Waarom niet?'

Omdat hij wist dat ik nooit normaal zou zijn, dacht Jess. *Daar kon hij niet mee omgaan.*

Ze schudde haar hoofd en wees naar de schelp. 'Toen we verhuisden ging-ie kapot. Ik had hem weg moeten gooien, denk ik...' *Niet huilen. Nooit huilen als er iemand bij is. Nooit.* 'Ik had hem waarschijnlijk weg moeten gooien.' *Niet huilen, Jess. Niet huilen.* Maar ze kon er niks aan doen. Tranen drupten uit haar ogen op de bevroren grond. 'Sorry. Dit is stom,' zei ze.

Owen stak zijn hand uit en legde hem op de hare. Alsof er ijskoud water door haar aderen stroomde, zo voelde het. Ze keek naar hem op.

'Ik vind het helemaal niet stom,' zei hij. 'Helemaal niet.'

Ze liep naar de hoofdstraat. Ze voelde zich leeg en uitgeput, maar toch sterker dan eerder. Nog steeds tintelde haar arm een beetje door Owens aanraking, die tegelijkertijd pijnlijk en geruststellend was geweest. Zoals altijd liep ze met gebogen hoofd en ze botste vol tegen iemand op die uit een snackbar kwam.

'Sorry,' mompelde ze toen ze erlangs wilde. De vrouw greep Jess' schouder stevig vast. Een vieze geur steeg op uit haar spijkerjas. Jess verstijfde. 'Sorry,' zei ze weer en ze probeerde haar stem niet te laten trillen.

'Beetje laat, hè?'

'Mag ik erlangs, alstublieft?' Zou ze zich kunnen losrukken en het op een rennen kunnen zetten? Alles in haar wilde weg, veilig naar huis.

'Beetje laat voor jou om buiten te zijn.' De vrouw glimlachte met trillende lippen. Haar dikke vingers tikten zenuwachtig op een handtas van glimmend leer.

'Weet ik.' Jess stak haar kin naar voren. *Niet laten zien dat je bang bent.*

'Hoe oud ben jij?'

'Hoezo?'

'Weet je moeder waar je uithangt?'

'Ik ben twaalf. Wat voor moeder ben je als je niet weet waar je dochter van twaalf is midden in de nacht?'

De vrouw opende haar mond. Eronder ontstonden extra kinnen. Jess bleef de vrouw aankijken. Haar moeder zou zeggen: je hebt weer die blik. Jess had een hoog voorhoofd, een scherpe kin en grote lichtgrijze ogen. Lang geleden had ze ontdekt dat als ze geconcentreerd keek, ze een strakke blik kreeg waar veel volwassenen onzeker van werden.

'Je bent schattig,' zei de vrouw toen.

Dit was een leugen, wist Jess. Ze kon schattig zijn. Ze kon, als ze daarvoor koos, zelfs superschattig zijn. Maar alleen als ze dat bewust deed en zeker niet als ze de Blik in haar ogen had.

'We wachten samen wel even tot je moeder terug is,' zei de vrouw. 'Waar was ze ook weer?'

'Ik heb niet gezegd dat ze hier is, ik zei alleen dat ze weet waar ik ben.'

De vrouw keek ongemakkelijk, maar werd gestoord door iemand die 'hallo' riep vanaf de overkant van de straat. Ze wist dat het waarschijnlijk verkeerd was om een meisje midden in de nacht alleen op straat achter te laten, maar ze had geen idee wat ze eraan kon doen. Met tegenzin haalde ze haar hand van Jess' schouder. 'Misschien moet je maar gewoon naar huis gaan,' zei ze toen ze zich omdraaide.

'Daar ga ik nu naartoe,' zei Jess. 'U hoeft zich geen zorgen om me te maken.' Opgelucht haalde Jess adem.

Ze begon weg te lopen, maar stond weer stil toen ze een heel lange dunne man haar kant op zag komen. Hij droeg een lichtblauw shirt en een lichtblauwe broek met daaroverheen een capuchonvest. Het was dokter Stannard. Zo te zien was hij na zijn dienst op weg naar huis. Haar hart hamerde zich een weg naar haar keel.

Snel kwam dokter Stannard dichterbij. In zijn hand gloeide een telefoon. Hij was volledig gericht op het scherm en las terwijl hij liep. Maar één hoofdbeweging zou alles kunnen veranderen. Eén blik in haar richting en het spel was uit. Ineens zag Jess haar moeders gezicht voor zich: de huid strak van de zorgen, diepliggende rode ogen. Eerst zou haar moeder schreeuwen, dat zou naar zijn. Dan zou ze teleurgesteld zijn, dat was erger. Jess zou haar nachtelijke wandelingen moeten verklaren en elke kans om weg te glippen zou voorgoed verkeken zijn. *Voorgoed verkeken.* Nooit meer zou ze de ijstuin zien. Nooit meer zou ze Owen zien.

De dokter was nog maar een paar meter van haar vandaan. Er was geen andere mogelijkheid: Jess rende op de vrouw af en omhelsde haar onhandig. Ze begroef haar gezicht diep in de spijkerjas. Ze voelde het zachte vlees eronder opbollen. 'Ik weet niet waar mijn moeder is,' zei ze met een piepstemmetje.

'Ik dacht dat je zei...' stamelde de vreemde vrouw. Maar Jess huilde stilletjes. Haar schouders schokten een beetje. Ze kon de spanning voelen in het lichaam van de vrouw. Even later begon ze met een platte hand op Jess' rug te kloppen. 'Stil nou maar...'

Ze hield de vrouw stevig vast. Vanuit haar ooghoek zag ze de dokter voorbijlopen. Zijn hoge, knokige jukbeenderen zagen er strak uit in het licht van zijn telefoon. Jess hield haar adem in tot het gevaar was geweken.

Ze wachtte nog een paar tellen en zette toen opeens een stap naar achteren.

'Het gaat wel weer,' zei Jess. 'Dank u wel.'

'En je moeder dan?'

Jess haalde haar schouders op en glimlachte. Toen pikte ze een frietje uit de papieren zak van de vrouw en zette het op een rennen.

16

‘Doe dan.’

‘Doe het zelf.’

‘Doe het zélf zelf.’

‘Wat?’

‘Ik wed dat het jou niet lukt om in één minuut drie ijsappels te eten.’

‘Geef ze maar.’

‘Ik wed dat jij niet op je buik van de glijbaan durft.’

‘Kijk maar.’

‘Durf jij onze vlag aan het topje van die boom te hangen?’

‘Wat als ik uitglij?’

‘Als je niet durft, win ik.’

‘Geef die vlag maar.’

'Durf jij over de brug naar het donkere bos?' vroeg Owen toen hij aan een van de armen van de Oude Man hing.

Jess keek niet op, maar kreeg kippenvel bij de gedachte.

'Nou?' vroeg hij.

'Wacht,' zei ze. Van de reep melkchocolade die ze in haar hand hield, brak ze een stuk af. Ze stak het de Vliegende Olifantmuis toe, die schuilde onder een struik.

'Je zit tijd te rekken.' Owen knielde naast haar.

'Hou op, zo jaag je hem weg.'

'Dat is niet dezelfde als eerst.'

'Wel.'

'Hoe weet je dat?'

'Ik herken hem.'

'Ze zien er allemaal hetzelfde uit.'

'Ik herken hem, Owen. Ik probeer hem tam te maken.'

'Hij wordt nooit tam als het steeds een andere is.'

'Dit is dezelfde. Dit is Arnold.'

'Je hebt hem Arnold genoemd? Waarom?'

'Omdat het zijn naam is, natuurlijk.'

'De brug, Jess. Als je het niet doet, win ik.'

'Kom, vriendje,' zei ze met een hoog stemmetje, 'neem een hapje.' Ze hield het stuk chocolade dichter bij de muis en zijn snorharen trilden nieuwsgierig. Hij kwam iets dichterbij. Zijn oogjes schoten van Jess naar het voedsel en weer terug. Toen ging hij op zijn achterpoten staan en zette zijn voorpootjes op de chocolade. Hij boog zijn kopje. Voorzichtig nam hij een hapje.

'Chocolade,' fluisterde ze. 'Ik had het kunnen weten.'

De muis begon nu echt te eten. Zijn doorzichtige kopje zat onder de modderbruine strepen. Jess reikte naar beneden en legde voorzichtig een vinger op de vacht van de rug van de muis. Hij at door. 'Hij rent niet weg,' zei ze zachtjes terwijl ze opkeek. Owen rolde met zijn ogen. Jess aaide de muis en hij ontspande een beetje. Hij vond het zelfs goed dat Jess met haar vinger over zijn gebogen ruggengraat gleed. *Het is gelukt*, dacht ze. *Eindelijk!*

Wat er daarna gebeurde, ging zo snel als het licht. De muis keek op. Jess had kunnen zweren dat zijn ogen van kleur veranderden, van lichtblauw naar diepzwart. Hij liet zijn tanden zien en een grom ontsnapte uit zijn keel. Hij sprong de lucht in, draaide zijn kop en hapte naar haar vinger. Zijn kaken klapten op elkaar. Twee rijen scherpe tanden zonken in haar huid. Schreeuwend trok ze haar hand terug en de muis vluchtte weg naar het veilige bloembed. Een paar druppels bloed maakten bloemen in de sneeuw.

'Zag je dat?' zei Jess.

'Laat eens zien.' Owen wilde haar hand pakken, maar Jess stak haar vinger in de lucht om hem tegen te houden.

'Te koud,' legde ze uit.

Hij knikte en samen keken ze naar het wondje.

'Jij bent rood vanbinnen! Dat is goor,' zei Owen.

'Waarom zou hij bijten?'

'Het is een wild dier. Wat had je dan verwacht?'

'Nee, er was iets anders... Ik weet het niet. Hij veranderde. Zijn ogen.' Het bloed begon al te stollen.

'Dus zo probeer je eronderuit te komen?'

'Waaronderuit?'

'De weddenschap, weet je nog?'

'Owen, ik ben gebeten door een Vliegende Olifantmuis! Misschien is-ie wel giftig.'

'Doe niet zo stom.'

'Ben jij weleens door zo'n beest gebeten?'

'Ik heb nog nooit geprobeerd om er een op te tillen.'

'Ik aaide hem alleen.'

'Je probeert er gewoon onderuit te komen.'

Natuurlijk probeer ik dat, dacht ze. Alleen al van de gedachte aan de brug liepen de rillingen over haar rug. 'Verzin maar een andere weddenschap,' zei ze.

'Kom op,' verzuchtte hij, 'wat ben jij saai!'

'Doe het dan zelf als je het zo graag wil.'

'Maar ik heb de weddenschap bedacht.'

Jess keek naar hem met de Blik, maar Owen keek terug met een krachtige Gemaakte Glimlach.

Ze draaide zich om en liep weg. 'Nou?' riep ze. 'Kom je nog of niet?'

***

Ze stonden naast elkaar aan de rand van de afgrond: die donkere wijd openstaande muil die afboog tot een enorme grijns.

'Nou?' zei Owen.

Jess had het gevoel dat er een grote bol nat touw in haar maag zat. Zuur kwam omhoog haar mond in. Haar benen voelden wankel: de peilloze diepte bracht haar uit balans. Maar een weddenschap was een weddenschap...

Ze stapte de brug op en hoorde het ijs onder haar voeten barsten. Bij elk kraakje huiverde ze. Op de leuning durfde ze niet te leunen. Bovendien liep die maar tot de helft van de brug.

Toen ze dichterbij kwam, leek het donkere bos te rillen. De blaadjes trilden van opwinding aan de takken met elke stap die ze zette.

'Ik weet niet of ik het durf,' fluisterde ze.

'Wat zei je?' riep Owen achter haar.

Voet voor voet, Jess. Als je aan de overkant bent, heb je de weddenschap gewonnen en ren je terug, zo snel als je kan.

Maar haar voeten stonden stil. Het was of er duizenden insecten over haar huid krioelden. Haar schouders zaten vast. 'Ik denk niet dat ik het durf,' zei ze harder.

'Dus je hebt verloren?'

'Verzin maar een andere weddenschap.'

'Ik ben nog steeds blij met deze.'

'Ówen.' Ineens hoorde ze hem achter zich de brug op stappen. Hij pakte haar hand en weer voelde ze die scheut ongelofelijke kou. Maar nu stelde de kou haar toch gerust, zoals de warmte van een vuur dat ook kan. Ze hield zijn dunne vingers stevig vast en volgde hem naar de tuinkant van de brug.

'Je trilt,' zei hij tegen haar.

Ze knikte en voelde zich misselijk. 'Wat is daar?' vroeg ze toen. 'Wat is er in het donkere bos?'

'Ik ben er nooit geweest,' antwoordde hij. Zijn ogen flitsten naar de donkere bomen en toen weer terug naar haar, alsof hij het niet aankon er lang naar te kijken.

'Helemaal nooit?'

'Nee.'

'Ook niet tot de rand?'

'De tuin is mijn huis.' Hij zei het alsof dat overduidelijk was.

'Ben je dan nooit nieuwsgierig geweest?' vroeg ze, want ze geloofde hem maar half.

Toen hij zijn hoofd schudde, begon het harder te waaien en als antwoord floot de wind tussen de bomen een kort slaapliedje. Kleine sneeuwtornado's dansten om hun voeten en over de grond van de boomgaard.

'Waarom dan die weddenschap zodat ik het donkere bos in zou gaan?'

Owen keek naar de grond. 'Ik dacht dat je het toch niet zou doen. Het was maar een wedje. Als je echt dat bos in was gegaan...' Een rilling ging door zijn lijf.

'Owen?' zei ze. Het was tijd om de vraag te stellen die nu al dagen door haar hoofd ging. 'Wie heeft de tuin aangelegd?'

'Wat bedoel je?' zei hij verbijsterd.

'Het is een túín. Iemand moet hem hebben gemaakt. En als jij dat niet hebt gedaan, moet er vóór jou iemand zijn geweest.'

Owen schudde zijn hoofd.

'Een moeder of vader?' drong ze aan.

'Echt niet,' zei hij.

'Dat moet wel!'

'Echt niet!' snauwde hij. De stilte hing tussen hen in. 'Echt niet,' zei hij, zachter nu.

'Owen,' vroeg ze weer, ook zachtjes, 'hoelang ben je hier al?'

'Ik weet het niet zeker,' zei hij na een tijdje. 'Misschien wel heel lang. Of misschien helemaal niet lang. Voordat jij hier kwam, was tijd niet zo belangrijk. Ik weet alleen dat ik hier thuis ben.' Gefrustreerd haalde hij zijn schouders op. 'Jij vindt me raar, dat weet ik heus wel.'

Jess zette een stap naar haar vriend toe. Aarzelend liet ze haar vingers, beschermd door haar handschoen, over zijn glimmende zilveren huid glijden. Toen trok ze voorzichtig haar mouw op. Ze durfde bijna niet te ademen. Langzaam onthulde ze het verband om haar pols. Ze trok de pleister los, haalde het verband weg en liet de wond zien waar vocht uit parelde.

'Ben je gewond?' zei hij.

Ze ademde diep in. 'Heb je... heb je weleens gehoord van vampiers?' vroeg ze.

'Volgens mij zijn die hier niet.'

'Dat zijn wezens die eruitzien als mensen, maar geen mens zijn. In plaats van water drinken ze bloed. Mensen zijn bang voor ze en denken dat het monsters zijn.'

'Ben jij er weleens eentje tegengekomen?'

'Ze bestaan niet echt, Owen,' zei ze zuchtend. 'Maar wat ze zo eng maakt, is dat ze alleen 's nachts tevoorschijn komen. Mensen zijn bang voor alles wat alleen in het donker kan leven. En... zo iemand ben ik.'

'Wat bedoel je?'

'Ik kan niet naar buiten, in de zon. Weet je, waar ik vandaan kom staat er een zon aan de hemel. Dat is een grote vuurbal en die verbrandt me. Mijn huid. Daarom moet ik altijd binnenblijven of mezelf de hele dag bedekken, dus ben ik altijd...' Ze slikte de brok in haar keel weg en ging verder. 'Ik ben altijd anders... ik zie er altijd anders uit. Vóél me anders. Ik bén anders.' De woorden stroomden nu uit haar mond. 'Een vriend van mij... een soort van vriend, bedoel ik... ligt in het ziekenhuis en hij kan niet wakker worden. Ik heb hem een van mijn verhalen voorgelezen en daardoor voelt het alsof we vrienden zijn, maar eigenlijk hebben we zelfs nog nooit met elkaar gepraat. Zo is het. Mijn enige vriend weet misschien niet eens dat ik besta. Dus... zo zit het. Ik vind jou helemaal niet raar, want ik ben het raarst van allemaal.'

Met gespeelde trots stak ze haar kin in de lucht. Ze wachtte op zijn antwoord, terwijl ze vanbinnen in duizend stukken brak. Ze wachtte tot hij zou lachen of zou zeggen dat ze op moest donderen, maar Owen ging alleen maar op zijn hurken zitten en begon in de grond te graven. Ze dacht, zeker niet voor het eerst, dat ze andere mensen niet begreep. Zelfs ijsmensen niet, zo leek het. Toen ze haar mond opende om iets te zeggen, stond hij weer op met een soort zilveren plantenbol in zijn handen. 'Je hebt deze nog niet geproefd,' zei hij. 'Ze smaken heel lekker. Zelfs lekkerder dan fruit. Je moet er alleen niet te veel van in één keer eten.' Hij glimlachte naar haar en Jess voelde zich warmer dan ooit.

17

Toen Jess de volgende nacht door de heg de tuin in ging, zat Owen met zijn benen over elkaar op een grote kei. Met zijn vingers drumde hij op het ijs een woest, onregelmatig ritme. Arnold de Vliegende Olifantmuis scharrelde rond bij zijn voeten. Toen Owen haar zag, sprong hij op. De muis schoot weg. Owen greep iets van de rots naast hem en voor Jess haar mond kon openen om hallo te zeggen, holde hij op haar af. Het voorwerp lag op zijn handpalm en hij stak het haar toe.

‘Ik hoop dat je het mooi vindt,’ flapte hij eruit. ‘Ik heb het voor je gemaakt.’

Jess draaide het voorwerp rond in haar handen. Het was een paars ijskristal van een soort dat ze niet eerder had gezien. Ze was verbijsterd dat het de vorm had van de schelp die haar vader haar had gegeven, de schelp die ze aan Owen had laten zien.

'Lijkt-ie een beetje?' vroeg hij.

De schelp was niet groter dan haar duim, maar Owen had hem tot in detail nagemaakt. 'Hoe heb je dit voor elkaar gekregen?' zei ze, happend naar adem.

Een rode golf lichtte de barstjes in Owens lichaam op en het ijsgras rond zijn voeten deinde heen en weer. 'Het kostte alleen wat tijd.'

Dat geloof ik graag, dacht ze. Het ijs leek op niets uit haar eigen wereld. Het was ongelofelijk dieppaars, zoals de lucht. De verhoudingen van de schelp waren perfect en het oppervlak was volmaakt gladgepolijst. Ze keek op naar Owen. Hij verplaatste zijn gewicht van de ene voet naar de andere.

'Vind je het mooi?' Hij hield zijn ogen op haar gericht. Met zorgelijke rimpels in zijn voorhoofd wachtte hij op een reactie.

'Maak je een grapje?' antwoordde ze. 'Natuurlijk vind ik het mooi! Het is prachtig! Dank je wel!'

Hij knikte kort. 'Gelukkig,' zei hij toen. 'Ik dacht dat het misschien zou helpen.'

'Wat bedoel je?'

'Neem het maar mee naar huis.'

'Kan ik het niet beter hier laten?'

'Neem maar mee,' zei hij. 'Dat wil ik graag.'

'Maar dan smelt het.'

'Jess, alsjeblieft.'

Ze bekeek zijn gezicht. Waarom drong hij nou zo aan? Hij keek zo serieus dat Jess wel moest toegeven. 'Ik kan het... ik kan het wel in de vriezer leggen, denk ik,' zei ze.

Hij knikte. 'Doe dat maar.'

'Hou je iets voor me achter?'

'Nee, niks. Neem het nou maar mee. Alsjeblieft.'

Jess sprintte naar huis. Om haar heen vervaagde de wereld zoals een schilderij dat in de regen staat. Haar voeten bonkten op het asfalt tot ze droop van het zweet en bloed proefde in haar mond. Bij haar voordeur stopte ze. Ze zoog haar longen een paar keer vol lucht om op adem te komen.

Op haar tenen liep ze de keuken in en ze pakte de schelp uit haar zak. De buitenkant was al een beetje aan het smelten; hij was gladder geworden en er waren wat details vervaagd. Ze verpakte de schelp in een stuk aluminiumfolie en stopte hem weg in een hoek van de vriezer onder een zak erwten die daar al eeuwen lag.

Die nacht droomde ze vreemde dromen. Dromen die zo echt voelden dat het leek of ze wakker was. Ze stond in een ijsgrot. Het ijs was zo dieppaars als de ijsschelp die ze in haar hand hield. Ze was bang omdat ze wist dat de zon op de bovenkant van de grot brandde en hem deed smelten. Boven haar hoofd zag ze het ijs steeds dunner worden. IJspegels scherp als messen vielen naar beneden en verbrijzelden op de grond. De zon brandde een gat in het dak en een lichtstraal boorde de ruimte in. Nergens kon Jess zich verstoppen. Er waren geen gordijnen die ze dicht kon trekken. Zonlicht scheen op haar huid. Ze zette zich schrap voor de brandende pijn waarvan ze wist dat hij ging komen, maar er gebeurde niets. Niets. Niets om bang voor te zijn. Het zonlicht was zacht en de warmte voelde heerlijk op haar huid. Verbaasd keek ze rond.

‘Ik ben bang dat dokter Stannard achterligt op schema,’ zei de zuster.

Jess zag hoe haar moeder geïrriteerd haar lippen op elkaar kneep. ‘Hoelang gaat het duren?’ vroeg ze.

‘Maar een halfuurtje of zo,’ zei de vrouw die zo slim was om achter een muurtje te verdwijnen.

‘Máár een halfuur,’ zei haar moeder. ‘Ze zei máár.’

‘Ik zei toch dat we beter niet konden gaan.’

‘Het moet.’

‘Het gaat prima met mijn pols.’

‘De dokter wil zien hoe het nu gaat.’

‘We hadden het verband thuis kunnen verwisselen.’

‘Als je om te beginnen niet zo onvoorzichtig was geweest...’

‘Het was een ongelukje. Heb jij nooit een ongelukje gehad?’

‘Niet zo brutaal, Jess.’

Een man aan de andere kant van de kamer keek naar hen op. Jess en haar moeder staarden hem allebei aan met de Blik, zonder dat ze dat van elkaar wisten.

‘Als we dan toch een halfuurtje hebben...’ zei Jess.

‘Vooruit dan,’ antwoordde haar moeder. Ze wuifde haar weg met haar hand. ‘Wel helemaal bedekt.’

Jess ging op weg naar Davey’s kamer en liep naar binnen. Er was niet veel veranderd. De kamer leek wel een tijdcapsule waarin dingen worden bewaard voor de toekomst. Davey’s borst ging op en neer, maar zijn gezicht was bleker dan eerder. Bijna net zo bleek als dat van Jess.

Ze trok haar handschoenen uit en pakte een pen en schrijfblok uit haar jaszak. ‘Het spijt me, Davey,’ zei ze. ‘Ik heb geen tijd gehad om een nieuw verhaal voor je te schrijven. Maar weet je wat? Ik zal het nu doen.' Ze begon. *De Huls was de belangrijkste uitvinding van de mens, omdat iemand er tweehonderd jaar in geconserveerd kon worden. Zo lang duurde het om naar de menselijke kolonie op De Nieuwe Aarde te reizen.* Ze stopte met schrijven, maakte haar nek los, streepte de woorden *De Nieuwe Aarde* door en maakte er *Avalon* van.

'Eigenlijk zou ik volgende week pas langskomen,' legde ze uit. 'Maar ik heb iets op mijn pols en ze zeggen dat het verkeerd kan gaan. Hou je van ruimteverhalen? Meestal schrijf ik die niet. Maar misschien maakt dat niet uit. Als je altijd hetzelfde doet, ontdek je misschien wel nooit waar je écht goed in bent. Bijvoorbeeld... ik schreef een keer een verhaal over een meisje dat diep in het Amazoneregenwoud woont, bij een stam die nooit de moderne wereld heeft ontdekt. En dit meisje had het in zich om de beste gitarist te worden die ooit had bestaan. Maar omdat ze bij die stam woonde had ze nooit van elektriciteit óf gitaren gehoord, dus het bleef een talent dat ze nooit ontdekte. Dat was eigenlijk best wel een treurig verhaal. Ik denk dat ik dit ruimteverhaal voor je ga proberen te schrijven. Als het goed wordt, neem ik het de volgende keer voor je mee.'

Jess betrapte zich erop dat ze aan het verband om haar pols krabde. Haar moeder en de dokters hadden vast gelijk. De blaren waren ontstoken en er sijpelde vocht uit. Ze moesten goed worden schoongemaakt en er moest nieuw verband omheen. Ook jeukten ze ontzettend. Tenminste, dat déden ze. Precies op dat moment, besefte Jess, was het jeuken gestopt. Eigenlijk voelde ze helemaal niets meer. Het voelde normaal. Dat was vreemd. Ze tilde het verband een stukje op en tuurde eronder.

Dit kan niet waar zijn, dacht ze. *Dit kan absoluut niet waar zijn...* Haar huid was perfect glad. De rode, open zweren die er de vorige nacht nog hadden gezeten, waren helemaal weg. Het enige wat er nog zat waren een paar donkere sproeten.

Dit is onmogelijk, dacht Jess. *Daar zaten open blaren. Ze deden pijn. Ze deden pijn toen ik in slaap viel. Het kan niet dat ze in één nacht zijn verdwenen...*

Nu ze erover nadacht: ze voelde zich helemaal anders. Het was niet zozeer dat ze iets voelde, het was meer dat ze niets voelde: er was iets verdwenen wat normaal voor haar was. Het was haar huid, dacht ze. Haar huid voelde anders.

Ze herinnerde zich haar droom. 'Dit bestaat niet,' zei ze tegen zichzelf, maar ze liep naar het raam en legde haar hand op de luxaflex. Haar hart bonkte in haar oren. Ze ademde diep in en duwde haar vingers tussen de metalen lamellen door tegen het raam. Jess voelde de warmte van de zon en zette zich schrap voor het afschuwelijke brandende gevoel dat er zeker op zou volgen. Maar er gebeurde niets. Haar huid tintelde een beetje, maar behalve dat: niets.

Met een brok in haar keel stak ze haar hand uit naar het touwtje en trok de luxaflex omhoog.

'Remissie?' vroeg haar moeder.

'Dat kunnen we niet zeggen,' antwoordde dokter Stannard.

'Maar zo noem je dat toch? Wanneer zoiets als dit beter wordt. Wat zou het anders kunnen zijn?'

'Ik ben bang dat we het in dit stadium gewoon niet weten.'

'Ik ben niet verbrand,' zei Jess. 'Ik stond midden voor het raam in

Davey's kamer, vol in de zon, en ik ben niet verbrand.'

'Dat snap ik, maar–'

'Ik verbrand altijd. Met die wond op mijn pols was ik... drie minuten of zo in de zon geweest en u hebt zelf gezien wat er toen is gebeurd.'

'Dat is te verwachten met jouw aandoening.'

'Dus wat is er dan net gebeurd?'

'Dit bestaat niet,' zei haar moeder. 'Ik heb het gevraagd. Denkt u niet dat ik het keer op keer heb gevraagd? We zijn naar tig artsen geweest in tig ziekenhuizen en iedereen zei dat dit niet het type aandoening is... dat ze niet beter zou worden. Dat hebt u zelf ook gezegd, dokter. U hebt dat tegen mij gezegd.'

Ze klinkt overstuur, dacht Jess. Ze kreeg er een naar gevoel van. *Het klinkt bijna of ze teleurgesteld is.*

'Ik heb nog nooit... dat wil zeggen, ik ken geen geval waarin iemand met haar aandoening ineens...' De dokter zag er verloren uit. 'Ik ben met zo'n geval niet bekend,' herhaalde hij.

'Maar nu wel,' zei Jess. 'Toch?'

'Hier hebben we niet de juiste faciliteiten. We gaan je doorverwijzen naar een andere afdeling, met andere artsen, andere onderzoeken...' Nu had hij vaste grond onder de voeten. 'Ja, dat gaan we doen. We gaan meer onderzoeken doen. We zetten er de beste mensen op, natuurlijk onder mijn supervisie, en dan gaan we oorzaken uitsluiten. Maak je geen zorgen, Jess. We gaan dit tot op de bodem uitzoeken.'

Hij praat erover alsof het iets ergs is, dacht ze. *Alsof dit net zo erg is als mijn aandoening.*

‘Hoe kan dit gebeuren, dokter?’ vroeg haar moeder.

Hij haalde zijn vingers door zijn dunner wordende haar. ‘Ik... ik heb geen idee. Morgen komen jullie terug en dan beginnen we met de onderzoeken.’

‘Blijft het nu zo?’ vroeg Jess. *Alsjeblieft. Alsjeblieft, laat het zo blijven.*

Laat het alsjeblieft zo blijven.

Laat dit alsjeblieft echt zijn.

‘Ik weet het niet, Jess,’ zei dokter Stannard.

Die avond was Owen nergens te bekennen. *Typisch*, dacht ze. *Dit is het belangrijkste nieuws in mijn hele leven en hij heeft zich verstopt.* Ze rende het grote pad op, riep zijn naam, maar er kwam geen antwoord.

Ze vond hem bij de Oude Man, waar hij omhoogkeek naar de takken. ‘Ik heb je overal gezocht. Nou ja, niet overal, maar op best veel plekken. Owen. Owen! Owen, ik heb een nieuwtje. Heb je me gehoord? Ik moet je iets vertellen! Owen?’

Een akelig gevoel bekroop haar.

‘Owen?’ vroeg ze weer, stilletjes nu. Ze ging naast hem staan. Toen hij haar eindelijk aankeek, zag ze dat er pure wanhoop op zijn gezicht stond.

18

Een van haar moeders vaste uitspraken was: 'Het is niet het einde van de wereld.' Als Jess bijvoorbeeld uitgleed en haar hoofd stootte, werd er geruststellend 'het is niet het einde van de wereld' in haar oor gefluisterd. Maar als ze mopperde omdat ze extra wiskundeopgaven moest maken, betekende 'het is niet het einde van de wereld' overduidelijk 'hou op met moeilijk doen en doe wat ik zeg'. Maar nu was het vrij letterlijk het einde van de wereld en haar moeder wist er niets van.

Owen tilde zijn arm op en wees met een trillende vinger.

Eerst zag ze het niet. Ze stond op het punt om te vragen waar ze naar moest kijken, toen het ineens tot haar doordrong: water druppelde gestaag van een van de bovenste bladeren.

Ze begreep het.

Water. Vloeibaar water.

De boom was aan het smelten.

En als de boom smolt, was dat het einde van deze ijswereld.

Als je er niet op lette, zou je denken dat er niets in de tuin was veranderd. Nog steeds glinsterden de bloemen, nog steeds prikte de lucht op Jess' tong en nog steeds kraakte het gras onder haar voeten. Maar nu Jess er wel op lette, zag ze overal tekens dat de wereld smolt. Er liep een straaltje water over de stam van een fruitboom, onder een bloembed lag een plas, een kiezelsteen glansde van het vocht. Ze zag zelfs stromend water. Het was niet veel, nog geen handbreed, maar het kronkelde over de Oprijlaan in een gestage stroom.

Een tijdlang stonden Owen en Jess er samen naar te kijken, alsof ze het water op die manier konden stoppen.

'Wat moeten we doen?' vroeg Jess na een tijdje.

'We kunnen niks doen,' antwoordde Owen alleen maar.

'Dus we gaan gewoon wachten?'

'Misschien stopt het?'

'Of misschien wordt het erger. Misschien verandert het stroompje in een rivier. Misschien smelt alles weg. Álles. Zelfs...' Ze zweeg.

'Zelfs ik,' zei Owen.

'Dat kan niet.'

'Jawel.'

'Owen...'

'Het kan wel, Jess. Het gebeurt toch? Dus kan het wel.'

'Waarom ben je zo rustig?'

'Hoe zou ik me anders moeten voelen?'

'Er moet iets zijn wat we kunnen doen.'

'Dat is er niet.' Owen veegde over een heg. IJskristalletjes dwarrelden als stof in een straal zon.

'Dat kun je niet zomaar zeggen,' zei ze.

'Wat?'

'Dat we niks kunnen doen. En het daarbij laten.'

'Pak mijn hand. Zie je het? IJs. Ik weet wat dit betekent. Ik heb je verteld dat de tuin mijn thuis is. Ik weet hoe ernstig dit is. En toch is er niks wat we kunnen doen.'

'Dat is niet goed genoeg,' snauwde ze.

Owen schudde zijn hoofd. 'Wat gebeurt er als jij van een rots valt?'

'Wat bedoel je?' vroeg ze.

'Ik bedoel, als je zou uitglijden en vallen. Wat zou je doen?'

Jess keek hem glazig aan.

'Je zou niks doen,' zei hij. 'Je zou gewoon vallen. En in die paar seconden zou je weten dat het zo allemaal zou stoppen, maar er zou niks zijn wat je kón doen. Met je armen zwaaien, roepen, schreeuwen... het zou geen verschil maken. Zo is het nu ook. Ik ben alleen heel langzaam aan het vallen.'

Ze werd woedend. Begreep hij dan niet hoe ernstig de situatie was? 'We moeten nadenken,' zei ze.

'Jess...'

'Waarom gebeurt dit? Dat is de vraag. Waarom nu? Wat is er veranderd? Waardoor is het begonnen?'

'Jess, hou gewoon op!' Hij schudde gefrustreerd zijn hoofd en sneeuw wervelde om zijn enkels.

'Als we dat begrijpen, kunnen we het misschien stoppen.'

'Jéss!' Owen fronste zijn wenkbrauwen en greep naar zijn slapen, alsof hij een pijnscheut in zijn hoofd wilde grijpen. 'Het kan niet. Echt niet.'

'Je gaat het niet opgeven, Owen. Dat mag niet.'

'Mijn hoofd doet pijn.'

'De wereld stort in en jij gaat lopen klagen over hoofdpijn?!'

'Laat me met rust!' riep hij. Geschrokken zette Jess een stap naar achteren. Zachtjes jammerend schudde Owen zijn hoofd. Zijn blauwe ogen leken nu haast grijs. 'Nee, nee, nee...' mompelde hij. 'Niet dit, niet dit.'

'Owen?'

Even keek hij haar aan. 'Ga weg,' zei hij, 'ga weg en blijf weg. Ga! Alsjeblieft! Jess, alsjeblieft!' Hij klapte voorover van de pijn. Zijn lichaam trilde.

Ze zette een paar passen naar hem toe en boog zich om naar zijn gezicht te kijken. Het was alsof donkere wolken zich hadden samengepakt in zijn hemelsblauwe ogen. Zonder waarschuwing schreeuwde hij. Het was oorverdovend: het brullen van onweer in de bergen. Ineens werd ze opgeslokt door een sneeuwstorm. Alles werd wit en ze moest een tak grijpen om niet te worden weggeblazen. Een scherpe wind striemde haar gezicht, de kou was ondraaglijk, maar het ergste van alles was dat ze Owens boosheid, angst en verdriet om zich heen voelde kolken.

En toen was de sneeuwstorm verdwenen. Haar oren piepten. Op haar gezicht zat een laagje ijs. Owen was nergens te bekennen, maar in de sneeuw stonden vage voetafdrukken op de plek waar hij zich had omgedraaid voor hij was weggerend.

'Owen!' riep ze toen ze hem achternaliep. 'Wacht!' Ze deed haar rugzak om en begon rennend zijn voetspoor te volgen.

Ze sprintte het slingerpad op, pompte met haar armen en hapte naar lucht. Maar ze wist ook dat ze Owens tempo nooit zou kunnen bijhouden. Ze ging verder, de boomgaard in. Ze struikelde over een boomwortel en viel maaiend met haar armen op de grond. De Vliegende Olifantmuis staarde haar aan vanonder een blad. Ze kwam weer overeind, liep aan de andere kant de boomgaard uit en zag dat er voetsporen over de brug liepen.

Niet het donkere bos, Owen. Ik vind alles goed, maar niet het donkere bos.

Toch kon ze niet stoppen. Ze kon hem niet achterlaten.

'Jessica, nee!' Het was haar moeders stem in haar hoofd. Ze negeerde de stem en bijna zonder te vertragen haastte ze zich naar de brug. Het ijs was glad. De kloof gaapte aan beide kanten. Het was alsof ze balanceerde op de tong van een of ander groot beest, alsof ze beneden het knorren van zijn hongerige maag kon horen, zijn koude adem kon voelen.

Toen ze aan de overkant was, haalde ze opgelucht adem. Ze stond even stil. Vanaf de brug liep een smal pad het donkere bos in. *Een pad.*

'Owen!' riep ze en ze hoorde haar stem echoën tussen de bomen. Met elke herhaling verloor de echo aan kracht. De stilte werd af en toe doorbroken door geritsel in het kreupelhout. *Wat is er in het donkere bos? Wat wacht daar?* 'Owen!' riep ze weer. Hoe had dit kunnen gebeuren? Hoe was de dag waarop eindelijk was gebeurd wat ze haar hele leven al wilde – genezen zijn – veranderd in deze gruwelijke nachtmerrie? 'Owen!' schreeuwde ze met alle kracht die ze in zich had, tot ze snikkend haar tranen stond weg te slikken.

Niets. Helemaal niets.

Ze schrok op van een luid gepiep. Haar horloge. Het geluid klonk hier zo onnatuurlijk. Ze zette het horloge uit en sloot haar ogen. Het was tijd om terug te gaan. Maar hoe kon ze dat doen? Hoe kon ze Owen op deze afschuwelijke plek achterlaten?

Hij zal rustig worden, dacht ze. *Morgen kom ik terug en dan is hij in de tuin. Dan zoeken we uit wat we moeten doen. Hoe we dit kunnen oplossen. En als dat niet zo is...* Het lukte niet om haar gedachte af te maken.

Jess glipte stilletjes het huis binnen. Ze had nog geen twee stappen de trap op gezet toen ze besefte dat er iets helemaal verkeerd zat. De lampen waren aan. Een paar tellen later snapte ze wat dat betekende. Ze kreeg bijna een hartverzakking. Toen ze zich omdraaide naar de woonkamer, verscheen net haar moeder in de deuropening. Haar ogen waren rood en lagen diep in hun kassen. Haar huid stond strak en was zo wit als papier. Naast haar stond iemand die Jess niet kende: een politievrouw.

19

Eerst was haar moeder opgelucht. Ze omhelsde Jess zo stevig dat Jess dacht dat ze haar nooit meer zou loslaten. Jess rook de muffe bloemengeur van shampoo in haar moeders haar en voelde de warmte van haar moeders lichaam.

Toen werd haar moeder zo witheet van woede dat de muren er bijna door verschroeiden.

‘Hoe haal je het in je hoofd?’

Jess wist dat ze beter haar mond kon houden.

‘Hoe haal je het in je hoofd zomaar het huis uit te gaan?’

Bovendien: wat zou ze moeten zeggen?

‘Ik ging even bij je kijken. Jess, hoor je me? Ik zei dat ik even bij je ging kijken! Heb jij enig idee hoe ik me gevoeld heb? Toen ik zag dat je weg was en ik geen idee had… geen idee!’ De schreeuw galmde door de kamer. 'Ik dacht dat je ontvoerd was. Hoor je me?'

Jess voelde een nieuw soort misselijkheid in haar buik. Het was een gevoel waarvan ze zich niet kon herinneren dat ze het eerder had gehad. Het paste niet in het hokje 'schuldgevoel'. Je voelde je schuldig als je het laatste stukje taart pakte als je moeder even niet keek. Zo'n schuldgevoel was er maar kort, als een windvlaag die de boel omverblaast. Dit gevoel was anders. Dieper. Jess wenste dat ze de dingen die ze had gedaan ongedaan kon maken. Dat ze de tijd terug kon draaien, zodat haar moeder zich nooit zo had hoeven voelen. Zodat haar moeder niet naar haar hoefde te kijken zoals ze nu naar haar keek.

Ze vond een woord voor het gevoel: spijt.

'Ik hoop voor jou dat jij nooit hoeft te doorstaan wat ik vanavond heb doorstaan, Jessica. Dat je er geen seconde van hoeft mee te maken. Als jou iets was overkomen...' Haar moeder hield een hand voor haar ogen. 'Na alles wat ik voor je heb gedaan! En jij loopt gewoon midden in de nacht de straat op, waar jou van álles had kunnen overkomen. Waar iedereen jou had kunnen tegenkomen en...' Ze zuchtte zo hard dat het bijna kreunen was, alsof het laatste deel van haar zin te akelig was om uit te spreken, alsof ze de beelden in haar hoofd niet verdroeg.

Wat ben je voor dochter als je je moeder zoiets laat doorstaan? vroeg Jess zich af. *Wat ben je voor mens als je zoiets doet?* Maar zelfs toen ze dit dacht, wist ze al dat ze haar moeder weer pijn zou moeten doen. Want Owen was in gevaar en zijn wereld stond op instorten. Ze kon niet wegblijven en dat laten gebeuren. Ze moest terug naar de ijstuin.

De politievrouw liet hen samen achter. Zwijgend zaten Jess en haar moeder tegenover elkaar aan de keukentafel. Haar moeder was niet langer boos. De boosheid was gedoofd onder de zware deken van verdriet die nu over het huis lag.

Zeg iets, dacht Jess. *Maak het goed.* Maar ze besefte dat woorden alleen niet zouden helpen. Het zou tijd kosten.

Haar moeder zette thee voor zichzelf. Eén van de lamellen van de luxaflex stond omhoog en het bleke ochtendlicht sijpelde door de kier naar binnen. Automatisch stond Jess op en deed de lamel goed. Pas toen alles weer op z'n plek zat, besefte ze dat het misschien niet nodig was geweest. Ze kreeg kippenvel van de gedachte. *Zou het echt waar kunnen zijn?*

'Buiten zijn zonder bedekking,' begon Jess. *Hoe kon ze dit uitleggen?* 'Het voelt anders. Het voelt als... als iets waar ik behoefte aan heb.' *Ga door. Dat ben je haar verschuldigd. Ze moet het in elk geval een beetje begrijpen.* 'Ik doe eigenlijk niks,' loog ze. 'Ik loop gewoon wat rond en bedenk hoe de plekken die ik zie er overdag uitzien. In het park is een speeltuin. Daar schommel ik.'

'Ga je helemaal naar het park?'

'Het is alsof ik... alsof ik uit mijn kooi ben. Alsof ik een dier ben dat een paar minuten ontsnapt.'

Tranen welden op in haar moeders ogen. 'Ik heb nooit gewild dat je je zo zou voelen.'

'Het is jouw schuld niet.'

'Ik heb het geprobeerd, Jess. Ik heb geprobeerd om alles zo aangenaam mogelijk voor je te maken.'

'Weet ik.'

‘Ik heb het heel erg geprobeerd.’

‘Het is jouw schuld niet.’

‘Hoelang al? Ik bedoel: hoeveel nachten?’

‘Pas sinds vorige week.’

‘En ik wist daar niks van.’

‘Hoe had je het moeten weten?’

‘Ik ben je moeder. Ik had moeten weten dat er iets veranderd was. Dat had ik moeten voelen. Toch?’

‘Jij hebt niks verkeerd gedaan. Ik heb iets verkeerd gedaan.’

‘Waarom vanavond, kleine?’ vroeg ze.

‘Wat bedoel je?’

‘Misschien is het wel voorbij. Misschien ben je wel...’ Jess wist hoe de zin zou eindigen. Misschien was ze wel beter. Dus waarom zou ze het risico nemen om stiekem naar buiten te gaan?

‘Je hebt dokter Stannard gehoord. Onderzoeken. Meer dokters. Meer mensen die me gaan zeggen wat ik wel en niet mag doen.’ Toen ze het zei, besefte ze dat het waar was. Ze wilde beter zijn, maar was bang voor wat het inhield. Ze was blij dat ze eerlijk tegen haar moeder kon zijn, zelfs als ze loog door niet over de ijstuin te beginnen.

‘Wil je dan niet weten wat er met je gebeurt?’

‘Natuurlijk wil ik dat wel. Maar het is...’ Haar stem stierf weg.

‘Ik snap het, kleine.’

Daar was het, zonder woorden. Ze was bang voor de onderzoeken die vandaag zouden beginnen. Maar haar moeder zou ervoor zorgen dat Jess zou gaan, precies zoals de dokters hadden voorgeschreven. Dat was het juiste. Dat was volwassen. Je kon niet gewoon blij zijn met een wonder en het daarbij laten.

‘Ik denk dat het geen zin heeft om nu nog naar bed te gaan. Ik zal ontbijt voor ons maken.’

‘Het spijt me, mam,’ flapte Jess eruit. *En het spijt me ook dat ik weer weg zal gaan*, dacht ze.

De artsen hadden erop gestaan dat ze volledig bedekt zou komen. Tot ze wisten wat er echt aan de hand was, was het beter dat Jess geen risico nam.

De naald prikte toen hij in haar huid schoot, maar ze wendde haar gezicht niet af. In plaats daarvan keek ze hoe buisje na buisje zich vulde met haar bloed. Daarna waren er meer onderzoeken: er werd met instrumenten in haar mond geschraapt en met lampen op haar huid geschenen.

‘Het gaat hartstikke goed met haar, moeders,’ zei dokter Stannard. ‘Toch?’

Haar moeder glimlachte flauwtjes. Op weg naar het ziekenhuis hadden ze niet met elkaar gesproken. Er was te veel om over te praten en toch niks om te zeggen.

Verpleegkundigen kwamen en gingen. Minuten werden uren. Er kwam een andere dokter die Jess verschillende vragen stelde. Hij had een heel diepe stem en borstelige wenkbrauwen. Tijdens dit deel van het onderzoek zat dokter Stannard in de hoek van de kamer. Hij zag er kleiner uit dan anders. In haar hoofd begon Jess een verhaal te schrijven: over een reus die op een ochtend wakker wordt en ontdekt dat hij even groot is als een normaal mens, het enige wat hij altijd al wilde. Maar in plaats van dat hij ervan mag genieten, sluiten de andere mensen hem op in een kooi zodat ze onderzoeken kunnen doen om te ontdekken wat er met hem is gebeurd.

Toch dacht Jess vooral aan Owen. Tijdens al het gepraat, gepor en geprik dacht ze aan haar vriend. Was hij al terug in de tuin? Of was hij nog steeds aan het rennen, dieper en dieper het donkere bos in?

Ze overhandigden haar moeder een vel papier. Jess boog zich om mee te kijken. Het was een rooster. Haar leven was voor de komende weken puntsgewijs weergegeven in tabellen. *Hoe kunnen ze verwachten dat ik dit allemaal doe? Hoe kunnen ze denken dat dit oké is?* Dus dit was de prijs voor gezond zijn: ze lieten je niet met rust tot je geluksgevoel helemaal was weggeëbd.

'Mag ik naar buiten?'

'Niet nu, Jess. Niet voor we zeker weten dat er geen schade wordt aangericht die we niet kunnen zien.'

'Mam?'

'We doen wat de dokter zegt.'

'Maar...'

'Ik zei: we doen wat de dokter zegt.'

'Dus ik ben beter, maar ik moet me nog steeds verstoppen alsof ik een gedrocht ben.'

Haar moeder keek verbijsterd, alsof ze net een klap had gekregen. 'Jess...' begon ze, maar ze kreeg de kans niet om meer te zeggen.

'Ik ben beter. Ik ben genezen,' riep Jess. 'Maar toch ben ik nog steeds niet normaal. Jij hebt mij nooit normaal gevonden.' Ze stond zo snel op dat haar stoel achteroverviel en op de vloer kletterde. Zonder een woord te zeggen draaide ze zich om en ging. Maar meteen toen ze op de gang was, golfde er een naar gevoel door haar heen. *Je maakt het erger*, dacht ze. Waarom viel ze uit tegen haar moeder over iets wat niet haar moeders schuld was? Maar waarom kwam ze dan niet voor Jess op bij dokter Stannard? Waarom trok ze zelfs deze ene keer geen keer partij voor haar?

Pas toen er achter haar geschreeuw klonk, besefte ze dat ze voor zich uit had staan staren. Ze moest zich tegen de muur drukken om niet onder de voet te worden gelopen door een groep dokters en verpleegkundigen die door de gang denderde. Jess zag ze allemaal door een deur verdwijnen. Ineens stond ze als aan de grond genageld.

Het was Davey's kamer.

Ze was zo bezig geweest met wat er gebeurde met Owen en de ruzie met haar moeder, dat ze nauwelijks had gedacht aan de slapende jongen. Ze rende naar de deur.

Er stond een groep mensen samengepakt rond zijn bed. Er werd geroepen wat er moest gebeuren en dat werd uitgevoerd, maar op Jess kwam het alleen maar over als een vreselijke chaos. Af en toe ving ze een glimp op van Davey. Ze schrok ervan hoe bleek en ziek hij eruitzag. De machine naast zijn bed maakte een langgerekt hoog piepgeluid.

Met kleine pasjes ging ze de kamer binnen. Ze ging in de hoek staan, waar ze niet opviel. Het voelde alsof haar lichaam zich binnenstebuiten zou keren. Elke spier stond zo strakgespannen als maar kon. In haar hoofd schreeuwde ze: *laat hem alsjeblieft beter worden, laat hem alsjeblieft beter worden.* Ineens overstroomde haar hoofd met verhalen die ze voor hem zou kunnen schrijven. Verhalen over geesten in de woestijn die uit stenen werden geboren. Verhalen over een kind dat in een kraai kon veranderen. Over een huis dat zijn bewoners opat, over een meisje dat een magische tuin ontdekte die helemaal van ijs was. Ze had er alles voor over, als het maar goed met hem zou gaan. Als hij maar beter werd. Hij moest wakker worden. Hij moest de verhalen horen die zij voor hem zou schrijven.

Laat hem alsjeblieft beter worden. Laat hem alsjeblieft beter worden. Laat hem alsjeblieft beter worden. Laat hem alsjeblieft beter worden.

Er werd een hand op haar schouder gelegd. Ze schrok op, alsof ze wakker werd uit een nachtmerrie. De kamer was nu iets leger. Een kleiner groepje mensen stond bij het bed, maar ze bewogen zich minder gehaast dan zo-even.

Piep, piep, piep, deed de machine.

'Wat doe je hier, Jess?' Het was de moeder van Davey. 'Gaat het wel goed met je?'

'Ik zag ze... ik zag ze allemaal naar binnen rennen.'

'Ik weet het.'

'Hij... Gaat het goed met hem?'

De vrouw trilde. Ze leek zo overspoeld door verdriet dat Jess bijna niet naar haar kon kijken. Ze had dezelfde gezichtsuitdrukking als haar moeder die ochtend.

'Komt het goed met hem?' vroeg ze weer.

'Gisteren is het voor het eerst gebeurd. Dagenlang gebeurde er niks, helemaal geen verandering. Niet beter, niet slechter. En toen gisteren, uit het niets, ging het mis. En nu vandaag weer. De artsen weten niet waarom het nu ineens gebeurt. Ze zeggen dat ze hun best doen, maar...' De moeder van Davey was zo lang stil dat Jess niet dacht dat ze verder zou praten. Maar toen praatte ze toch, met een fluisterzachte, bijna onhoorbare stem. 'Ze zeggen dat elke keer dat het gebeurt het minder aannemelijk is dat ze hem kunnen redden.'

Alles werd donker. Jess hoorde een stem – haar eigen stem – alle goede dingen zeggen. De stem beloofde dat Jess terug zou komen met een verhaal. Maar het was alsof het honderden kilometers verderop gebeurde. Waar ze zich op dit moment bevond, waren alleen razende gedachten en duisternis.

Hoe had dit allemaal kunnen gebeuren? Slechts een paar dagen geleden was haar leven totaal voorspelbaar geweest. Het bestond uit haar lessen, haar verhalen, haar moeder en haar afspraken bij dokter Stannard. Toen was alles in een stroomversnelling terechtgekomen. Bezoekjes aan Davey, 's nachts wegglippen, de ijstuin ontdekken. Maar het was alsof ze door de deur naar dat alles open te zetten, complete gekte had binnengelaten.

Gisteren, dacht ze, *dat is de sleutel.* Gisteren was ze ineens op wonderlijke wijze genezen. Gisteren was de ijstuin beginnen te smelten. Gisteren was het voor het eerst misgegaan met Davey. Was het allemaal toeval? Of was er iets anders aan de hand? Iets wat ze nog niet helemaal begreep.

Ze kwam weer tot zichzelf en ontdekte dat ze in de gang was, dicht bij de kamer van dokter Stannard. Zonlicht stroomde door het open raam. Het scheen direct op haar gezicht. Ze wachtte. Wachtte tot ze zou verbranden. Maar ze verbrandde niet.

Jess sloot haar ogen en stond in de zonneschijn.

20

Die avond kwam haar moeder haar kamer binnen. Jess deed haar ogen niet open. Na een tijdje hoorde ze de voetstappen weggaan. *Kan ik dit doen?* vroeg ze zich af. *Kan ik dit doen?* De vraag stellen was hem beantwoorden.

Het wachten duurde vreselijk lang, maar uiteindelijk stond ze op en drukte haar oor tegen haar moeders deur. Ze hoorde een langzame, diepe ademhaling. Haar moeder sliep, zeker weten.

Jess nam niet de moeite om naar beneden te sluipen. Ze wist dat de voordeur op slot was. In plaats daarvan klom ze uit het raam van de overloop, op het platte dak van de keuken. Vanaf daar klom ze naar beneden, de achtertuin in. Een smal pad tussen de huizen leidde naar de straat. Het ijzeren hek piepte toen ze het openduwde en ze huiverde.

Wanhopig probeerde ze niet aan haar moeders huilende gezicht te denken, maar het beeld bleef door haar hoofd spoken. En toch had ze geen keuze: later zou ze het goedmaken met haar moeder, dit was haar enige kans om Owen te helpen.

Voor haar lag het donkere bos. Het was een enorme dreigende bevroren massa van dicht op elkaar gepakte bomen en hangende planten, die allemaal om elkaar heen waren gedraaid.

Ze had de tuin afgezocht naar Owen, maar ze had niets anders gevonden dan nog meer tekens dat de tuin aan het smelten was. Owen was niet teruggekomen. Er was maar één ding dat ze kon doen.

'Wat is er mis met jou, Jess?' Het was haar moeders stem. 'Je bent vertrokken zonder eten of iets om onder te schuilen. Met alleen een tas over je schouder. Je hebt geen idee waar die jongen is; misschien loop je wel dagen rond. En morgen moet je naar de specialist.'

Jess' hele lichaam trilde toen ze de brug weer op liep. Elke stap deed het ijs onder haar voeten kraken. Ze wist dat ze naar Owen toe moest, maar haar benen leken los te staan van haar hoofd. Ze moest ze bewust aansturen om een stap naar voren te zetten. Zweet verzamelde zich in het kuiltje van haar hals en op de achterkant van haar nek. Ze kon de trilling in haar eigen ademhaling horen. 'Doorgaan,' fluisterde ze. Ze was nijdig op zichzelf omdat ze zo bang was. 'Je moet hem helpen,' commandeerde ze zichzelf. 'Het is maar een brug en je moet Owen helpen.'

Ze was net iets over de helft toen er hard gekraak klonk, zo luid als een geweerschot. Ze stond stil, bevroren op de plek. Haar hart bonkte in haar borst. Voorzichtig zette ze nog een stap. Het ijs knapte dreigend. Ze voelde het onder zich verschuiven. Een barst verscheen voor haar voeten. Ze slikte. De barst werd steeds groter, een kronkelende lijn die van haar wegschoot en onderweg zijlijnen maakte. Even keek ze naar het afschuwelijke duister onder haar en toen rende ze. Ze trok haar benen hoog op en sprintte terwijl de brug achter haar instortte. Ze rende zo snel ze kon en sprong de laatste meter. Toen de brug helemaal instortte, landde ze aan de overkant. Met open mond keek ze toe hoe de brug in stukken in de afgrond verdween.

Ze stond op. Verbijsterd ging ze voorover hangen. Ze leefde, maar ze zat gevangen. Ze zat gevangen! Er was geen weg terug naar de tuin, geen andere keuze dan om verder te gaan. Geen andere keuze dan het donkere bos in te lopen.

De bomen waren glinsterende scheve tanden van ijs. Het pad slingerde als een uitgerold touw over de steile heuvels. Toen Jess' ogen aan de schemering waren gewend, kon ze vogels en andere kleine dieren onderscheiden. Oogjes gluurden naar haar vanonder de struiken. Ze hoorde dieren naar elkaar roepen. Een Vliegende Olifantmuis schoot van een tak terwijl ze langsliep. Ze schrok.

Ze bukte zich en vulde haar flesje onder een straaltje water dat zich een weg baande door het kreupelhout. Het ijs smolt snel en Owen was nergens te bekennen. Geen voetafdrukken of sporen. Rende hij nog steeds zonder ooit moe te worden naar het hart van het bos? Hoe ver was hij wel niet gekomen in de tijd dat Jess weg was geweest?

Ze wist niet hoelang ze al aan het lopen was, maar haar voeten deden pijn. Het einde leek nog lang niet in zicht. Door het bladerdak waren stukjes hemel te zien. Jess sjokte door. Haar voeten waren gevoelloos van de kou. Ze bedacht dat als ze hier zou sterven, ze nooit gevonden zou worden. Niemand zou ooit weten wat er met haar was gebeurd. Ze rilde.

Ze kwam aan bij een open plek. Ze kon niet meer op haar benen staan en plofte neer. Even deed ze haar ogen dicht. *Ik zou hier in slaap kunnen vallen*, dacht ze. *Ik zou kunnen uitrusten.*

Iets raakte haar aan.

Haar ogen sprongen open. Een klimplant die aan een van de boomtakken hing, had zich om haar arm gedraaid. Ze schudde hem van zich af, maar een andere koude gladde klimplant nam snel zijn plek in.

Ze greep de plant vast om zich te kunnen bevrijden, maar hij trok hard en verstrikte haar hand. Ze huilde van de pijn en brak de plant af, waardoor er een armband van ijs om haar pols achterbleef. Ze ging staan, maar struikelde toen er een andere klimplant vanuit het kreupelhout glibberde. Haar hoofd sloeg tegen de harde grond en Jess gilde. Dat was helemaal niks voor haar. Gillen was voor meisjes die leefden in een suikerspinroze wereld. Jess gilde niet als dokters naalden in haar staken of als de zon haar huid verbrandde. Maar nu gilde ze wel, nu er meer tentakels tevoorschijn kwamen. Ze vielen uit de bomen als slangen die zich op hun prooi storten. De tentakels krioelden met verbazingwekkende snelheid over de ijzige grond. Ze draaiden zich om elke centimeter van haar lichaam en sleurden haar achterwaarts het donkere bos in.

Een klimplant zo dik als haar pols gleed om Jess' keel, waardoor ze bijna stikte. De plant had haar zo stevig vast dat ze niet eens kon tegenspartelen. Haar borst was gevangen in een verwoestende omhelzing. Lichtvlekken flitsten voor Jess' ogen en in haar oren brulde een geluid dat leek op verkeer dat over een snelweg dendert. Even zat ze 's nachts in een auto. Ze schoot langs elektriciteitsmasten die strepen licht achterlieten aan de zwarte hemel. Ze zat voorin, haar moeder reed en samen zongen ze hard mee met de radio. Iemand riep iets, maar Jess hoorde het alsof ze onder water was. Het leek ver weg en onbelangrijk. Ze zat bij haar moeder in de auto en alles zou goed komen.

'Trekken!' zei een stem. 'Jess, help me met trekken!' Een nieuw geluid kwam door de mist heen: het versplinteren van ijs. Ze voelde dat de klimplanten langzaam hun grip verloren. Zonder erbij na te denken opende ze haar ogen en zoog ze een hap lucht haar longen in. *Owen.* Owen was er.

Ze leefde nog! Ze had een vage herinnering aan Owen die zich op de planten wierp, ze van haar lichaam trok en haar bevrijdde. Iets kriebelde op haar wang. Ze kromp een beetje in elkaar toen ze met haar vingers een sneetje voelde dat iets onder haar oog zat en er een scherfje ijs uit trok. De klimplanten kronkelden in de lucht als slangen die wachtten op de volgende kans om toe te slaan. Uitgeput stond Owen op en hij pakte Jess' hand. 'Blijf in mijn buurt,' fluisterde hij toen hij een stap naar voren zette. De klimplanten krompen in elkaar en schoten iets naar achteren, maar ze trokken zich niet helemaal terug.

Ze willen hem niet, dacht Jess. *Ze willen mij.* Het viel haar op dat de planten waren gehuld in duisternis; als een zwarte ring hing het duister om ze heen.

'Jess,' siste Owen vlak bij haar oor, 'we moeten rennen. Klaar?' Ze greep zijn hand steviger vast en samen sprintten ze weg van de open plek, terug naar het pad. Ze konden horen hoe de klimplanten zich wanhopig uitstrekten om te voorkomen dat hun prooi zou ontsnappen. Jess en Owen keken niet achterom. Ze renden in een lange baan over het midden van het pad en ontweken alles wat vanuit het kreupelhout naar ze kon grijpen.

Jess moest denken aan hun eerste dag samen, toen ze door het doolhof renden. Owen had haar verteld dat de tuin zich ontvouwde. Het donkere bos leek hetzelfde te doen. Ineens wist ze zeker dat ze hier voor altijd gevangen had gezeten als ze in haar eentje was geweest. Ze had eeuwig rond kunnen lopen zonder ooit het einde van het bos te vinden. Maar ze was niet alleen. Ze had Owen. En dit was zijn wereld.

Opeens hoorde ze hem roepen: 'Daar!'

Ze zag het: paars licht brak door het dichtbegroeide bos. Jess rende snel, een laatste sprintje en toen strompelde ze het bos uit.

21

'Wat doe je hier?' vroeg Owen. Hij klonk boos, maar ook een beetje blij.

Hij stak zijn hand naar haar uit en Jess trok zichzelf op. Ze klopte de sneeuw van haar kleren. Voor hen lag een weidse vlakte met daarachter ijsbergen die naar de hemel reikten.

'Waag het niet nog een keer weg te rennen,' zei Jess terwijl ze Owen hard porde met haar wijsvinger. 'Heb je me begrepen?' En toen sloeg ze haar armen om hem heen. Ze voelde zich zo opgelucht dat de stekende kou haar niets kon schelen.

'Je doet me pijn,' wist hij eruit te persen.

'Hoe heb je me gevonden?'

'Ik hoorde je roepen. Ik dacht dat je misschien in de problemen zat. Waarom ben je me gevolgd?'

'Ik maakte me zorgen, sukkel!'

'Maar ik heb je pijn gedaan.'

'Niet. Kijk maar.'

'Het gebeurt soms als ik boos ben. Ik wist niet hoe ik het moest stoppen, dus rende ik weg voor ik het nog erger zou maken.'

'Met mij gaat het prima, Owen. Kijk. Kijk naar me. Met mij gaat het goed.'

Achter hen floot de wind een treurig lied tussen de bomen.

'Ik zal je terugbrengen,' beloofde hij haar.

'We kunnen niet terug.'

'Waar heb je het over? Natuurlijk moet je terug!'

Ze vertelde hem over de brug. Hoe die tot poedersuiker was verkruimeld. Op Owens gezicht kwam een waaier aan emoties voorbij, van ongeloof tot afschuw, en Jess moest zich inhouden om niet weer haar armen om hem heen te slaan. 'We vinden wel een weg terug,' zei ze overtuigd.

'Die is er niet,' zei hij. 'Je hebt het gezien. De brug is de enige weg naar de overkant.'

'Ik zorg dat je thuiskomt, Owen. Maak je niet druk. Ik zorg dat je thuiskomt.' Ze hoorde dat haar stem sterk en zeker klonk en ze wenste dat ze zich vanbinnen net zo voelde.

Hij lachte. 'Jij zorgt dat ík thuiskom?' zei hij toen. 'En jij dan? Moet ik er niet voor zorgen dat jíj thuiskomt?'

Om de een of andere reden was ze (of wilde ze) in het donkere bos haar eigen situatie vergeten. Ze was zo gericht geweest op één doel – Owen vinden – dat ze het echte probleem naar de achtergrond had geschoven. Maar natuurlijk had Owen gelijk: de weg terug naar haar wereld was bij de witte wand aan de rand van de tuin. En als ze niet terug kon naar de tuin… *Stop, Jess. Stop nu meteen met zo te denken.*

'Wat?' vroeg Owen. Zenuwachtig zette hij een stap naar achteren, want Jess staarde naar hem met de Blik. 'Waarom kijk je zo?'

'Nu moet je goed naar me luisteren. Mijn moeder maakt zich enorm veel zorgen om mij, dus ik ga ervoor zorgen dat ik thuiskom. En dat betekent dat jíj ook thuiskomt. En ondertussen gaan we dat smeltprobleem oplossen, zodat er een plek overblijft waar je naartoe kunt. Begrepen?' Ze intensiveerde de Blik. 'Ik vroeg of je dat hebt begrepen.'

Hij knikte.

'Goed dan. We hebben er niks aan als we hier blijven staan. En als we niet terug kunnen, dan moeten we verder. Misschien is er een andere weg naar huis. Een andere opening zoals die in de muur.' *Die moet er zijn*, dacht ze rillend. *Die moet er zeker zijn…*

De bergen werden steeds hoger. Na een paar uur begon de lucht te betrekken. Wolken pakten zich samen en enorme sneeuwvlokken daalden neer. De sneeuw viel zo hevig dat Jess het pad voor zich nauwelijks kon zien en haar kleren waren bedekt met ijs. De kou trok in haar botten, maar daar besteedde ze geen aandacht aan. Ze dacht aan meneer Olmos, die zittend in zijn keuken van zijn smerige thee nipte. 'Jessica, ik heb een advies voor je,' zou hij zeggen. 'Als mensen tegen je zeggen dat jou iets niet gaat lukken, zeg je dat ze niet goed bij hun hoofd zijn en dan doe je het gewoon toch.' Met zijn met smeer bedekte vingers zou hij aan zijn kroezige baard krabben. 'Ze hebben tegen mij gezegd dat het me niet zou lukken om in mijn tuin een raket te bouwen. En moet je nu eens kijken.'

'Maar het ís u niet gelukt om een raket te bouwen. Hij werkt niet.'

'Daar gaat het niet om! Ik heb iets gemaakt. Ik heb iets gedaan waarvan zij zeiden dat ik het niet kon. Dáár gaat het om.'

Owen was bijna uit het zicht verdwenen. Ze struikelde en viel op haar knieën in de diepe laag sneeuw. Het was of er in haar borst op een bastrommel werd geslagen. Ze riep, maar het geluid verwaaide. Weer riep ze. Haar stem was klein in het enorme landschap. Ze zat gevangen in een witte draaikolk. Schaduwen zwommen in de vallende sneeuw. 'Geef het terug, meisje,' fluisterden ze. 'Geef het terug.'

'Wat bedoelen jullie?' schreeuwde ze. 'Wat moet ik teruggeven? Ik weet niet wat jullie willen dat ik doe!'

Een hand greep haar arm en hielp haar overeind. De schaduwen trokken zich terug en Owens gezicht kreeg vorm. Hij nam haar in zijn armen. Ze luisterde naar het huilen van de wind terwijl hij vastberaden doorliep.

Ze dacht aan Davey, liggend in het ziekenhuisbed zonder iemand die hem verhalen kon voorlezen. Ze vroeg zich af hoe zijn stem zou klinken. Het zou fijn zijn om die op een dag te horen.

22

Het pad dat lang loodrecht was geweest, liep nu slingerend de bergen in. Een tijdje rustten ze zodat Owen weer op krachten kon komen. Toen Jess vroeg of het wel goed met hem ging, lachte hij alleen maar. Hij zei dat ze verder moesten. Ze klommen steeds hoger, maar door de sneeuwstorm konden ze het pad nauwelijks zien. Owen liep voorop en Jess volgde. Haar benen brandden van de inspanning van de klim.

Haar moeder had ooit een Japanse puzzel voor haar gekocht. Het was een grote, donkere kubus waarvan de boven- en zijkanten waren bedekt met ingewikkeld uitziend houtsnijwerk. Er was geen deksel, geen hengsel of sleutelgat. Er was geen enkele aanwijzing hoe de kubus openging. En toch, als Jess hem schudde, hoorde ze binnenin iets bewegen.

Sommige mensen, zowel volwassenen als kinderen, zouden snel verveeld raken en de kubus aan de kant leggen. Maar zo was Jess niet. Na meer dan een uur ontdekte ze een kleine inkeping in het hout. Voor het blote oog was de inkeping bijna onzichtbaar, maar Jess was er zeker van: één blad liep niet helemaal gelijk. Ze drukte op de plek en hoorde binnenin een zachte klik. Nu had ze iets ontdekt. Geduldig begon ze te zoeken met haar vingers. Na een tijdje had ze nog twee schakelaars gevonden. Ze drukte erop, hoorde de grepen losgaan en ontdekte dat een van de panelen kon schuiven. Binnenin zat nog een kubus en daarin zat er nog een. Jess ging maar door. Ze liet zich niet ontmoedigen, overwoog geen moment ermee te stoppen, en uiteindelijk ontdekte ze binnenin een zilveren ring waar haar naam in gegraveerd stond.

Ook nu ging Jess door met dezelfde vastberadenheid, dwars door de storm. Hoeveel tijd was er intussen verstreken in haar wereld? Weer drukte ze het beeld van haar moeders angstige gezicht weg.

Ze zochten beschutting in een ondiepe grot en deelden wat van het weinige eten dat ze nog over hadden. De ijsappel prikte op Jess' gescheurde lippen, maar hij warmde haar toch op van binnenuit. Owen ging liggen en rolde zich op tot een bal. Zijn ogen waren dof grijs geworden. Van de kleuren die eerder binnen in hem flikkerden, was geen spoor te bekennen.

Waar zijn we mee bezig? dacht ze. *We zouden hier niet moeten zijn.* Als Owen niet was weggerend, als zij hem niet was gevolgd, waren ze nu nog steeds veilig in de tuin aan het nadenken over de volgende stap. Maar de sneeuwbal was van de heuvel gerold, werd almaar groter, rolde sneller en sneller en kon niet worden gestopt.

'Weet je, je hebt me nog steeds niet je nieuwtje verteld,' murmelde Owen toen.

'Wat bedoel je?'

'Toen je me vond bij de Oude Man. Je zei dat je me iets moest vertellen.'

Jess moest lachen. 'Volgens mij word ik beter,' zei ze. 'Volgens mij wordt mijn huid... Volgens mij word ík normaal.'

'Dat is geweldig,' zei hij. 'Dat is echt geweldig.'

Dat is echt geweldig. Ze dacht aan de schelp die hij van ijs had gemaakt en die diep lag weggestopt in haar vriezer. Kwam het door de schelp? Ze wilde het weten. Móést het weten. Maar ze zou er nooit achter komen, tenzij ze een weg terug naar huis vond.

'Niemand weet hoe het kan. Owen?' Ze stootte hem aan. 'Ik zei dat niemand het weet. Weet... weet jij het?'

Maar hij was in slaap gevallen.

Ineens werd ze overspoeld door een golf van angst. Ze balde haar vuisten zo stevig dat haar nagels in haar handpalm sneden. Ze moest naar huis. Ze móést.

***

Jess schrok wakker en dacht dat ze weer in het ziekenhuis was, in de kamer waar ze keek hoe de dokters en verpleegkundigen zich haastten om Davey te helpen.

Toen ze overeind kwam, draaide Owen zich mompelend om in zijn slaap. Ze voelde hoe stram haar spieren waren toen ze opstond van de harde grond en naar de ingang van de grot liep. Het was gestopt met sneeuwen, maar het was nog steeds razend koud. Een ruisend geluid klonk in de verte. Ze ging naar buiten.

Dit deel van het pad, zo zag ze nu, was dwars door een rotswand gehouwen. Rechts van haar was een steile afgrond. Het was een wonder dat ze niet van de rand waren gevallen tijdens de sneeuwstorm. Ze voelde zich draaierig. *Eén verkeerde stap. Dat was alles wat er nodig was geweest.*

Ze bevonden zich hoog op de berg, veel hoger dan ze zich had gerealiseerd. Ze keek uit over een eindeloos wit landschap en kon de lijn van het pad terug volgen: de berg af tot hij zo recht als een spoorlijn over de besneeuwde vlakte liep. Ze kon het blinkende bos zien en daar, in de verte, lag een onscherpe glimmende stip: de ijstuin. Ineens zakte de moed haar in de schoenen. Ze was zo ver gekomen in de hoop een andere ingang naar haar wereld te vinden. Maar wat moest ze doen als die er niet was? Wat als die er nooit was geweest? *Maar wat hadden we anders kunnen doen?* dacht ze.

Ze volgde het ruisende geluid en baande zich een weg langs een helling van losse stenen, een nauwe kloof in. Het pad was zo smal dat ze wel zijwaarts moest lopen. Ze had sterk het gevoel dat ze in de gaten werd gehouden, alsof de wereld zelf met een felle intensiteit naar haar tuurde. 'Hallo?' riep ze. Maar natuurlijk kwam er geen antwoord. Alleen haar stem galmde tussen de bergwanden. *Hallo, hallo, hallo...*

Het ruisen werd luider. Ze rende een steile helling op, de kloof uit. Hijgend stond ze stil aan de rand van het klif dat uitzicht bood op de bergketen. Ze snakte naar adem: overal waren watervallen, duizenden en duizenden. Bulderend donderde het water van de ijsbergen. Een stortvloed aan bruisend water viel honderden meters naar beneden op de grond in het dal. Wolken van kleine waterdruppeltjes stegen op. Het was prachtig en afschuwelijk. Hier zag ze de volle omvang van het smelten dat uiteindelijk de ijswereld zou doen verdwijnen. Dat uiteindelijk Owen zou doen verdwijnen.

En terwijl ze zo stond te kijken, wist ze het heel zeker: ze hoorde hier niet. De ijswereld was niet van haar. Ze had zichzelf voor de gek gehouden met de gedachte dat ze er deel van kon uitmaken. Ze zoog haar longen vol lucht en zuchtte. Haar adem schokte in wolken haar lichaam uit. 'Het komt door mij,' zei ze. 'Dit allemaal. Het komt door mij.'

'Nee, Jess. Het komt niet door jou,' zei een stem achter haar. Owen ging naast haar op de richel staan. 'Het is mijn schuld. Ik heb het gedaan.'

***

'Ik hoopte dat het zou werken,' zei hij. 'De dag nadat je me vertelde over... over jou. Over je huid. Ik hoopte dat het zou werken. Natuurlijk wist ik dat niet zeker. Het was maar een idee. En ik wist absoluut niet dat dit allemaal zou gebeuren...' Zijn stem stierf weg terwijl hij keek naar de smeltende ijswereld. 'Zie je dat?' Hij wees naar een rotswand aan de overkant van het dal. Water stroomde van de rand en waar de wind het water te pakken kreeg, veranderde het in nevel.

Jess tuurde. Van de top van de berg liep een dieppaarse verticale streep. Daar was het ijs veel donkerder dan eromheen.

'Dat is de kern,' zei Owen. 'Het donkerpaarse ijs loopt onder alles door. Er zijn ook plekken waar het uitsteekt, daar zit het aan de oppervlakte. Het is als...' Hij stopte met praten en zocht naar woorden. 'Het is als bot. Als de botten van die dinosaurusskeletten die je me liet zien in dat boek.'

Weer dacht ze aan de schelp die hij haar had gegeven. Die had dezelfde paarse kleur en was van hetzelfde soort ijs.

'Welke magie er ook onder het ijs ligt: alles zit opgesloten in die kern. En toen jij die avond wegging, begon ik te denken.'

'Owen,' zei ze. Maar hij stak zijn hand op.

'Toen je me had verteld over je huid, wist ik dat ik iets moest doen om je te helpen. En toen bedacht ik het. In deze wereld doet de hemel jou geen pijn. Maar misschien ligt het helemaal niet aan de hemel. Wat als deze wéreld jou beter maakt? En wat als je deze wereld met je mee zou kunnen nemen? Dus brak ik een stuk van de kern af, met al zijn krachten, en heb ik iets voor je gemaakt. Ik wist niet of het zou werken...'

'Het werkt.'

Hij glimlachte. Ondanks het smelten van zijn wereld, glimlachte hij. 'Ik hoopte dat het zou helpen. Maar toen je de ijsschelp meenam door de opening, was het alsof ik een klap kreeg.'

'Je had me moeten roepen. Me terug moeten roepen.'

'Het was alsof ik ergens in mijn kern was geraakt. Alsof iets zijn klauwen in me had gestoken en me had vastgegrepen. Een vuist die draaide en, en...' Hij viel op z'n knieën. Zijn schouders begonnen te schokken. Hij begroef zijn gezicht in zijn handen.

Jess staarde naar hem. Ze wilde zich op de grond laten zakken en haar armen om hem heen slaan. Maar ze merkte dat dat niet lukte. Ze werd boos. En het boze gevoel bleef maar groeien: een soort brandende woede.

'Je wist het.' Ze spuugde de woorden uit en was verrast door het gif in haar stem. Met een ruk richtte Owen zijn hoofd op. 'Je had het moeten zeggen,' zei ze.

Hij keek alsof ze hem had geslagen. 'Wat bedoel je?'

'Je wist dat het door de schelp kwam. Al de hele tijd wist je waardoor de tuin aan het smelten was. En ik bleef maar als een idioot doorgaan over hoe we de tuin moeten redden. Maar al die tijd wist jij het! Daarom deed je niks! Je had het kunnen stoppen, maar dat wilde je niet!'

'Dat is niet waar. Ik wist het niet zeker.'

Jess luisterde nauwelijks. Ze was witheet van woede. 'Als je het me had verteld, was ik meteen naar huis gerend! Dan had ik de schelp mee terug genomen en was dit alles gestopt!'

'Precies!' schreeuwde Owen terug. 'Ik gaf jou de schelp om je beter te maken en als ik je had verteld wat er was gebeurd, had je hem gewoon weggedaan! Dan was alles weer zoals het altijd al was! Dat wilde ik niet. Ik wilde dat jij gelukkig was! Ik wilde dat het goed met je ging!'

'Maar jouw wereld smelt!'

'Dat is mijn beslissing!'

'Nee, dat is het niet!' schreeuwde ze. 'Jij bent net als dokter Stannard en mijn moeder! Die denken ook dat ze alles voor mij kunnen beslissen! Waarom heb je míj niet laten beslissen? Het is mijn leven!'

'Hoe kun je zo... ondankbaar zijn,' snauwde hij. 'Ik ben je vriend.'

'Vrienden liegen niet tegen elkaar!'

'Ik deed het voor jou!'

'Vrienden praten. Vrienden beslissen samen!'

'Ik wist toch niet dat het zou gaan smelten! Maar toen ik dat wel wist, heb ik de beslissing genomen! Daar heb je gelijk in. Ik heb besloten om het te laten gebeuren. Ik heb het laten gebeuren voor jóú!'

Hij werd net zo kwaad als zij was en toen begon het te stormen. Jess werd verzwolgen door een sneeuwstorm. Sneeuw en ijs sloegen in haar gezicht. Of was het iets anders? Misschien waren het de klauwen van een onzichtbaar beest die in haar vlees staken. Of de messcherpe tanden van een heks. Jess wist niet of ze stond, zat, door de lucht vloog of in een enorme afgrond viel.

De grond begon te beven. Het enige wat ze kon doen was proberen te blijven staan. De berg onder haar schudde hevig. Haarscheurtjes verschenen in het ijs. Al snel waren ze overal.

Er klonk een scherp geluid van iets wat brak en met een ruk keek Jess omhoog. Nog net zag ze hoe de bergwand boven hen inzakte. Een massa gebroken ijs en dikke sneeuw schoof op hen af. Jess probeerde opzij te springen, maar door haar pijnlijke benen was ze niet snel genoeg. Ze werd hard geraakt door de lawine. Duisternis omringde haar.

23

'Helemaal bedekt, Jess. Nu, alsjeblieft.'

'Moet dat?'

'Waarom maak je het zo moeilijk?'

'Ik ben een verhaal aan het schrijven.'

'Elke keer weer, jongedame.'

'Ik ben bijna klaar.'

'We komen te laat voor je afspraak.'

'Ze wachten maar.'

'Ze gaan niet wachten. Waarom zouden ze, alleen voor ons?'

'Maar mijn haar hoeft niet geknipt te worden.'

'Het hangt halverwege je rug.'

'Mam...'

'Jessica.'

'Voor mij moeten ze de gordijnen dichtdoen.'

'Dat vinden ze niet erg.'

'Er zijn daar altijd andere mensen.'

'Ik ben er zeker van dat die het ook niet erg vinden.'

'Ik schaam me ervoor.'

'Jessica! Dat wil ik nooit meer horen, heb je dat begrepen? Je hebt niks om je voor te schamen. Helemaal niks.'

Met een schok kwam Jess bij. Haar mond en neus zaten vol sneeuw. Ze probeerde zich los te wurmen, maar de sneeuw zat helemaal om haar heen gepakt. Ze was begraven. Hete tranen prikten in haar ogen. Haar moeder zou nooit weten waar ze naartoe was gegaan. Wat zou ze denken? Dat Jess was weggelopen en haar had achtergelaten?

Vanboven kwam een doffe plof en even later nog een. Jess sloot haar ogen. In het donker zag ze duizenden lichtjes bewegen. Haar borst brandde toen de laatste zuurstof opraakte. Het was of er vuur door haar longen stroomde. Ze moest volhouden. Als ze maar volhield...

De ploffen volgden elkaar nu sneller op, alsof iemand door de bovenste sneeuwlaag heen probeerde te slaan. *Owen*, dacht ze. Met haar laatste beetje energie probeerde ze zich los te wurmen. Een luchtgat opende zich in de buurt van haar mond. Ze voelde de wind op haar neus en ademde gulzig in. De sneeuwlaag begon te schuiven. En toen, eindelijk, kwam er een hand doorheen. Hij pakte haar vast. Ze schoot naar boven. Terwijl er aan haar werd getrokken, duwde ze zichzelf verder omhoog en even later brak ze door de bovenste sneeuwlaag heen.

Met Owens hulp bevrijdde ze zichzelf uit de berg sneeuw. Ze hapte naar lucht en haar voorhoofd plakte van het bloed. Ze probeerde te staan, maar zakte door één been. Met een schreeuw viel ze. Haar enkel was opgezwollen en deed pijn toen ze hem aanraakte. Ze lag op haar rug en ademde diep in en uit. Zwermen vogels van ijs vlogen in v-vorm in de heldere lucht.

Weer stond ze op, voorzichtiger dit keer, en ze probeerde hoeveel gewicht haar been kon dragen. Het was ongelofelijk. De bergwand was ingestort. Waar eerder kraakheldere sneeuw had gelegen, lagen nu vergruisde stenen. De bovenlaag van de berg was weggeschraapt en eronder was grijs ijs vandaan gekomen.

Owen stond een eindje bij haar vandaan. Zijn schouders hingen en hij keek van haar weg. Ze voelde de schaamte in golven van hem af stromen.

'Het is niet jouw schuld,' zei ze met een gebroken stem. 'Hoor je me?'

'Ik heb het niet in de hand.' Ze realiseerde zich dat hij stond te trillen. Met zijn laatste kracht probeerde hij te voorkomen dat de storm weer zou losbarsten. Sneeuw kolkte om hem heen.

'Owen?' zei ze. 'Owen, alles is goed. Ik weet dat het niet je bedoeling was dat het gebeurde. Je hebt me gered.'

Hij keek naar haar op en zij stommelde naar achteren met een enkel die bonsde van de pijn. Zijn ogen waren zwart geworden. Niet zomaar zwart, maar zwarter dan zwart. Dit herkende ze. Ze had het eerder gezien toen het duister in het doolhof haar wilde opslokken. Ze had het gezien vlak voor de Vliegende Olifantmuis zijn tanden in haar vinger zette. Ze had het om de klimplanten zien zweven in het bos.

‘Het wil je pijn doen, Jess,’ zei hij. Elk woord leek hem moeite te kosten.

‘Wat? Wat wil me pijn doen?’ Maar ze wist het. Het zwart in zijn ogen was het donkere hart van de ijswereld dat de indringer wilde vernietigen.

‘Deze plek,’ zei hij. ‘Mijn plek. Mijn plek wil jou hier niet.’

Ze kromp ineen. ‘Maar waarom?’ vroeg ze. ‘Waarom kan ik hier niet zijn?’

Even betrok zijn gezicht van de pijn en hij schudde zijn hoofd. ‘Ik wil het wel, Jess. Ik wil dat je hier bent. Maar ik weet niet of ik het kan bedwingen.’

Ze ging naar hem toe. Hij deinsde achteruit, maar ze legde haar arm om zijn schouders en trok hem tegen zich aan. Nog steeds was hij ijskoud, maar de kou brandde haar niet zoals eerder. Even vertroebelde het duister in zijn ogen alsof hij de verwoestende kracht die in hem oplaaide de baas was. Hij was haar vriend. Hij was de beste vriend die ze ooit had gehad. Er was geen haar op haar hoofd die eraan dacht hem achter te laten nu hij haar het hardst nodig had. Nu hij niet eens zichzelf kon vertrouwen.

‘We moeten doorlopen,’ zei ze. ‘We kunnen niks anders doen.’ Ze pakte zijn hand en samen liepen ze over de verwoeste helling naar waar het pad naartoe leidde.

24

Er was een grot, een donkere gapende muil in de berg. Het pad verdween erin. Jess worstelde zich de helling op met wat voelde als haar laatste kracht. Ze stapte de schaduw in.

Ze haastten zich zo snel als ze konden en steunden op elkaar. Ze volgden het pad zoals ze dat al zo lang deden. De grot ging over in een tunnel die slingerde als het lijf van een python. De tunnel werd verlicht door stenen die een rood schijnsel afgaven. Na een tijdje kwamen ze in een enorme kamer in het hart van de berg. Het plafond was zo hoog dat ze het nauwelijks konden zien. Dit was het einde van het pad. Het einde van hun tocht. De enige plek waar ze naartoe konden.

En het was er leeg. Er was niets. Geen opening naar haar eigen wereld, geen aanwijzing hoe ze Owen kon helpen. Jess besefte dat ze zich had vastgeklampt aan een laatste beetje hoop, dat nu vervloog. Met open mond keek ze rond en ze probeerde het tot zich door te laten dringen.

Owen wankelde naar het midden van de kamer. Het doordringende zwart was uit zijn ogen verdwenen. Nu waren ze grijs als rook. Zijn hoofd klapte naar voren en hij viel op zijn knieën.

'Owen!' riep ze en ze rende naar hem toe.

'Het spijt me,' zei hij. Jess had het idee dat hij met twee stemmen tegelijkertijd sprak. De ene was van de jongen die ze zo goed kende, terwijl de andere ouder klonk dan de bergen. Hij keek op. 'Het spijt me zo dat ik je pijn heb gedaan.'

'Nee, het was mijn schuld. Jij probeerde me alleen maar te helpen. Ik had nooit tegen je moeten schreeuwen. Je had gelijk, ik was ondankbaar.'

Tot haar schrik ontdekte ze dat hij huilde. Tranen welden op in zijn ogen en liepen over zijn wangen, waar ze bevroren. Al haar pijn verdween toen ze besefte wat dat betekende. Hij smolt van binnenuit.

'Ik had niet kwaad op je moeten worden. Ik raakte zo gefrustreerd. Niemand laat me ooit zelf beslissen. Daar kwam het door. Het spijt me zo, Owen.' Nu huilde zij ook.

'Die schaduwen die jou aanvielen in het bos, Jess. Ze dénken niet, niet zoals jij en ik denken. Ze reageren instinctief.' Even zakte hij weg. 'Ze willen je straffen, ook al is het niet jouw fout.'

Ik ben als een virus in een lichaam, dacht Jess, *en het lichaam vecht terug*. 'En jij?' vroeg ze.

'Alles is met elkaar verbonden. Alles in deze wereld is verbonden en ik ben er onderdeel van, zoals een bloem die in de tuin groeit of de hoogste bergtop. Ik ben ík, ik ben Owen. Maar ik ben ook dit allemaal. En iets diep in mij reageert ook instinctief en dat heb ik niet in de hand. Daar komt de storm vandaan. Dat is wat jou pijn doet.'

'Ik hoor hier niet,' mompelde Jess.

Owen liet zijn hoofd hangen.

'Ik dacht...' begon ze, maar ze merkte dat de juiste woorden niet wilden komen.

Hij maakte haar zin af: 'Jij dacht dat de tuin er voor jou was.'

Ineens laaide de boosheid weer op en Jess werd witheet. 'Als het niet de bedoeling was dat ik hier ben, waarom heeft deze stomme wereld dan de deur voor me opengezet? Niemand anders heeft deze plek gevonden, alleen ik! Waarom mocht ik naar binnen?'

Na een tijdje sprak Owen. 'Ik kan me niet herinneren dat ik ooit níét in m'n eentje was. En ik was gelukkig omdat ik niks anders kende... Maar op een dag dacht ik dat ik een stem hoorde.'

Jess fronste. 'Wat bedoel je?'

'Het was zacht, maar als ik heel stil stond, kon ik in de lucht gefluister horen. En na een tijdje begon ik het te begrijpen. Het waren verhalen. Verhalen over dingen die ik niet begreep, over plekken die ik nooit had gezien.' Dit kon toch allemaal niet? Jess kreeg het er benauwd van. 'En toen, op een dag, klonk de stem harder. Dichterbij. Echter. Ik legde mijn oor tegen de ijsmuur...'

'Vertel verder...' Ze rilde toen in haar hoofd de puzzelstukjes op hun plaats vielen.

'De stem leek maar een eindje bij me vandaan te zijn, aan de andere kant van de muur. De stem praatte over een plek vol kinderen.

Over twee meisjes die samen aan het klimmen waren en hun moeders die zaten te kijken.'

Jess kreeg een brok in haar keel.

'Ik moest het zien. Moest het weten. Ik was bang, maar ik bleef er maar aan denken tot ik wel iets móést doen. Ik raakte de muur aan en het was of ik elke molecuul kon voelen. De muur zag er heel stevig uit en toch kon ik zien hoe dun hij eigenlijk was. Ik deed mijn handen uit elkaar en een gat opende zich. Ik deed ze steeds verder uit elkaar tot ik een gat had gemaakt dat groot genoeg was om doorheen te gaan. Het was zo donker. De lucht rook vreemd en was ongelofelijk heet. Maar dat kon me niks schelen, weet je. Want ik hoorde de stem duidelijker dan ooit. Ik wist dat ik er dichtbij was.'

Jess dacht terug aan de nacht dat ze de tuin had ontdekt. Ze herinnerde zich dat ze op de schommel zat en de denkbeeldige kinderen om haar heen beschreef en ineens rilde alsof er een ijzige wind waaide.

'Het was er zo heet. Ik wist dat ik niet verder die wereld in kon, maar ik wilde niet dat de stem weer zou verdwijnen. Dus liet ik de deur op een kier en hoopte dat de stem mij zou vinden. En dat gebeurde. Op een avond vertelde de stem me een verhaal over iemand die een kleermaker werd genoemd. Hij maakte iedereen kwaad en moest vluchten. En ik was gelukkig. Maar toen zag ik jou in het bos en besefte ik wat ik had gedaan. Ik had een vreemde mijn tuin binnengelaten.'

'Daarom was je zo boos.'

'Niet boos. Bang.'

'Die twee haal ik zelf ook door elkaar.'

'En toen gaf ik jou de schelp en gebeurde dit allemaal.'

'Je had me moeten vertellen wat er door de schelp was gebeurd. Toen je het besefte. Meteen toen je het besefte.'

'En dat cadeau terugnemen?'

'Ja.'

'De schelp maakt jou beter, Jess. Daar gaat het om. Als je hem kapotmaakt, word je weer zoals je was.'

In haar hoofd verscheen het beeld van de speeltuin. Niet gehuld in duisternis, maar badend in eigeel zonlicht. En zij, midden in de speeltuin, schommelend.

Ze klemde haar kaken op elkaar. 'Je doet raar,' moest ze van zichzelf zeggen. 'Je hebt de watervallen gezien. De schade. Deze wereld zal snel... jij... Dat kan ik niet laten gebeuren. Zelfs niet voor...' *Blote armen. In het gras liggen. Een meisje met asblond haar dat roept of ik kom voetballen.* 'Zelfs daar niet voor.'

Ze voelde zich misselijk.

'Maar zo zit het,' zei Owen, 'dat is de keuze. Het kan niet op een andere manier.'

Het kan niet op een andere manier. Toen ze de schelp mee naar huis nam, had ze Owens wereld beschadigd. Nu lekte alle kracht eruit. Het was alsof je gaten prikte in een plastic emmer en toekeek hoe het water op het gras spoot. Ze kon de ijstuin redden door de schelp te laten wegsmelten, maar dan zou ze niet langer genezen zijn. Of ze kon de schelp houden en een leven leiden zoals alle anderen. Ze zou naar buiten kunnen. Ze zou vrienden kunnen maken. Maar Owen en zijn wereld zouden voor altijd verdwijnen.

Ze dacht aan hen samen, hoe ze zaten te praten onder de takken van de Oude Man en van de glijbaan doken. Hoe ze zich verstopten in het doolhof. Ze kon het niet laten gebeuren. Zo egoïstisch mocht ze niet zijn.

Ze hoorde kinderen roepen die op weg waren naar het park. Kinderen die ze nooit zou leren kennen. Dichte gordijnen en verhalen in een boek. Verhalen vertellen aan een jongen die misschien wel nooit wakker zou worden.

Het voelde alsof er verdriet omhoog werd getrokken. Ze huilde bevroren tranen. 'Ik kan het niet,' wist ze na een tijdje uit te brengen. 'Owen, ik kan je niet dood laten gaan.'

'Jess,' zei hij zachtjes. Hij schudde zijn hoofd. 'Je mag de schelp niet weggooien. Je moet het beloven. Je móét...' Hij zakte weg, uitgeput door de moeite die het praten hem kostte. Ineens viel hij op de grond.

'Nee!' riep ze. Op handen en knieën liet ze zich naast hem op de grond vallen. Zijn huid was klam en hij haalde schokkend adem. 'Nee,' kreunde ze. *Je mag niet doodgaan. Niet door mij. Alsjeblieft, niet door mij.* Even leek het of ze een hoog, langgerekt piepgeluid hoorde, zoals dat uit de machine in Davey's ziekenhuiskamer. Maar misschien was het gewoon de wind die door de tunnel blies.

'Je moet gaan, Jess. Gá.'

Ze begon tegen te stribbelen, maar hij stak één trillende vinger op. Tot haar grote schrik zag ze dat de muren van de grot aan het smelten waren. Ze begonnen in te storten. Met grote ogen keek ze rond en ze raakte totaal in paniek.

'Ga,' zei hij weer. Hij kreunde.

'Het maakt niet uit, Owen. Zelfs niet als ik het beloof. Er is geen weg terug. Ik zit hier vast, net als jij!'

'Nee, dat is niet zo. Kijk.'

En toen zag ze het. Helemaal aan de andere kant van de kamer, waar het pad eindigde, was een gladde witte muur die iets verschilde van de andere. Hij leek precies op de muur in de tuin. Ze kon het niet geloven. Ze had alleen maar tegen Owen gezegd dat ze door moesten blijven lopen, omdat er geen andere mogelijkheid was. Maar het pad leidde toch naar een andere weg naar huis.

'Ik kan je niet achterlaten,' zei ze. Maar ze wist dat ze geen andere keuze had. Als ze haar vriend wilde helpen, moest ze terug naar haar eigen wereld. Ze moest de schelp kapotmaken. *Ik ga je redden*, Owen, dacht ze. *Ik ga je redden.*

Ze drukte een kus op zijn voorhoofd en rende naar de muur. Er stroomde nu water langs. Toen ze haar hand tegen het onderliggende ijs legde, voelde dat zo breekbaar als een eierschaal.

Ze sloeg tegen het ijs. De bovenlaag scheurde. Ze sloeg en ze sloeg tot ze een scheur had gemaakt die groot genoeg was om doorheen te gaan. Ze draaide zich om naar Owen, die nu steunde op één arm.

'Je bent niet raar, Jess,' wist hij eruit te persen. 'Ik weet dat je dat denkt, maar het is niet zo. Je bent anders. En dat is prima.'

'Ik ga je nooit meer zien.' Haar stem brak. 'Jij bent mijn enige vriend.'

'Beloof me dat je de schelp bewaart.'

Ze liep achterwaarts door het gat, onder de ijskoude waterval door.

Owens gezicht verdween uit het zicht.

25

Jess had het warm: een vreemd gevoel na zo'n lange tijd. Ze ademde in en rook de zoete stoffige lucht. Er was geen ijs, geen kou, geen gure wind die in haar gezicht sloeg. Alles was kalm en alles was vredig. Er was rust. Er was warmte.

Ze was sneeuwblind. Ze zag niets en het duurde even voor de kleuren vaste vormen aannamen. Een waas werd een schommel, een ander waas een klimrek. Ineens, alsof er een schakelaar werd omgezet, kwamen er geluiden binnen: het geroep van kinderen en het saaie gepraat van volwassenen.

'Het echte probleem ligt natuurlijk bij de leraren!' zei een vrouw die op een vogelverschrikker leek tegen een extreem dikke man. 'Er gebeurt niks als je Jacob zégt wat hij moet doen, je moet het hem vrágen.' De man kuchte instemmend.

Het kon niet waar zijn. Het was ongelofelijk. Al die kilometers, al die duizenden stappen en toch was ze hier: in elkaar gedoken op de grond bij de ingang van de speeltuin. *Dit is niet wat belangrijk is*, dacht ze afwezig. Er was nog iets, iets wat ze nog niet begreep. Haar gedachten gingen te langzaam, als honing die van een lepel droop. Ze moest nadenken. Ze moet het zich herinneren. *Denk na.*

'Jeetje, gaat het wel goed met je?' De vogelverschrikker kwam op haar af, terwijl de man schaapachtig achter haar stond. 'Ik had niet gezien dat je hier lag. Is alles goed met je? Hoelang lig je–' De vrouw stopte midden in haar zin. Ze kon niet bevatten dat dit meisje om de een of andere reden uit het niets was verschenen.

'Denk na,' zei Jess.

'Sorry?' antwoordde de vrouw.

'Denk na,' zei ze weer. En toen schoot het haar allemaal te binnen. De ruimte in het hart van de berg. De smeltende muren. Owen die verging van de pijn. *De schelp.* Ze moest de schelp kapotmaken.

Ze sprong op, maar meteen schreeuwde ze het uit toen de pijn door haar gewonde enkel sneed.

De vrouw zette geschrokken een pas achteruit. Jess snapte hoe vreemd ze eruit moest zien in haar doorweekte, smerige winterkleding en met vegen bloed op haar gezicht.

Wat moest ze doen? Ze voelde dat ze een rondje draaide op haar plek, op zoek naar... iets. *Zorg dat je thuiskomt. Je moet de schelp kapotmaken. Het maakt niet uit wat je tegen Owen hebt gezegd. Zorg nu dat je thuiskomt...* Thuis. Haar moeder. Het schuldgevoel dat ze tot nu toe had weten te onderdrukken, speelde op. Ze werd er misselijk van. Ze moest naar huis. *Maar durf ik dat? Hoe kan ik haar onder ogen komen?*

Ze sleepte met haar gewonde been en hield zich vast aan het hek toen ze de weg naar boven op liep. De geluiden en geuren waren overweldigend. Er waren te veel auto's en ze reden te snel. Ze kon de uitlaatgassen zien die ze achterlieten, die oplosten in de drukkende zomerse lucht. Bijna alles was grijs en wat kleur had – verf en plastic – was onnatuurlijk. Ze nam een bocht de heuvel op, naar het centrum van de stad.

Het moest een zaterdag zijn, want de straten zagen zwart van de winkelende mensen. Eerder had Jess ze alleen gezien vanachter de geblindeerde ramen van haar moeders auto. Ze had er altijd naar verlangd om tussen de mensen te staan. Maar nu liepen ze haar in de weg en moest ze tussen ze door duiken, zo goed als dat ging met haar gewonde been. Ze zag haar reflectie in een winkelruit: een meisje van top tot teen bedekt met dikke kleding. Mensen staarden naar haar en fluisterden tegen elkaar. Een paar tellen later echter, hoorde ze iemand roepen en greep een hand haar schouder stevig vast.

'Jessica?' zei de stem. 'Wat doe je hier? Mijn hemel, wat is er met jou gebeurd?'

Het was meneer Olmos van nummer drieëndertig. 'Alstublieft,' zei ze, 'breng me naar huis. Ik moet nu naar huis!' En toen zakte ze in zijn armen in elkaar.

Meneer Olmos liep met Jess in zijn armen door de schuifdeuren naar de ontvangsthal. 'Kan iemand me helpen!' riep hij. 'Een dokter!' Voor Jess klonk zijn stem ver weg. Het draaide voor haar ogen. De wereld werd wazig en verdween. Alleen haar pijn leek echt te zijn, als een brandende bal in haar gedachten.

Ze lieten haar in een rolstoel zakken. Om haar heen stonden mensen. Ze hoorde haar overbuurman luid vragen of het goed met haar zou komen en een zachte stem mompelde iets terug. Ze probeerde te praten, uit te leggen dat dit niet de bedoeling was, dat ze naar huis moest. Maar haar keel was te droog.

Ze zag een witte jas voorbijflitsen en een lange gedaante naast haar knielen. 'Mijn god,' zei dokter Stannard. 'Jess... Kijk me aan, Jess. Waar heb je gezeten? De politie is hier geweest. Ze stelden vragen. Waar heb je gezeten? Godzijdank. Godzijdank, je bent veilig.'

Weer werd ze duizelig. Haar hoofd was te zwaar. Haar spieren gloeiden als kooltjes in een dovend vuur. Dokter Stannard en zijn collega's cirkelden om haar bed als de figuren van een draaimolen. Hun stemmen zweefden steeds verder weg. Ze sloot haar ogen en viel de duisternis binnen.

26

Er was iemand in de buurt, een silhouet dat van achteren werd verlicht. Owen? Nee, dat kon niet. Zeker geen kind. Langer. Erg lang. De persoon bewoog. Hij tuurde naar beneden, naar een klembord. Met een bekende frons op zijn gezicht. *Dokter Stannard.* Jess keek door de spleetjes van haar ogen. Ze wilde niet dat hij wist dat ze wakker was. Het gesprek kon wachten. Ze ging pas rechtop zitten toen hij klaar was met wat hij deed en was verdwenen achter het gordijn dat om het bed was getrokken. Haar lichaam schreeuwde het uit van de pijn, maar dat was niet haar grootste zorg. Ze had geslapen. Geslapen! En met elke minuut die ze verspilde, was Owen in groter gevaar.

Ze ving flarden op van gesprekken op de afdeling.

Ze zag haar moeders jas verfrommeld over een stoel hangen. Jess kon wel janken om wat ze moest doen. Gelukkig zou het deze keer maar voor een paar uur zijn. Ze zou het ziekenhuis uit glippen, naar huis gaan en de schelp kapotmaken. Owen en zijn wereld zouden veilig zijn. En dan kon haar moeder tegen haar schreeuwen zoveel ze wilde. Jess zou het zonder te klagen ondergaan, omdat het vreselijk was wat ze had gedaan. Het juiste, maar tegelijkertijd afschuwelijk.

Ze liet haar benen uit bed glijden, trok haar schoenen aan en probeerde de pijn voor een laatste keer te negeren. Maar voor ze verder kon lopen, zag ze het gordijn bewegen en verscheen er een hoofd.

Het was haar moeder.

Even stonden Jess en haar moeder stil, bevroren. Allebei geschokt door de toestand van de ander. Jess zette zich schrap voor de storm die op komst was, maar in plaats daarvan werd ze omhelsd. En ze hoopte dat de omhelzing nooit zou eindigen. Ze rook haar moeders parfum, die zoeter was dan bloemen. Hun tranen maakten elkaars gezicht vochtig. Toen maakten ze zich van elkaar los en in plaats van te schreeuwen, boog haar moeder haar hoofd en zei: 'Ik begrijp het.'

Jess zei niets terug. Wat kon ze zeggen? Hoe kon ze het uitleggen?

'Toen de dokter begon over al die onderzoeken die je zou moeten ondergaan... naar specialisten. Ik begrijp het, je werd bang. Je dacht dat je het niet aankon. En toen hadden we een woordenwisseling en dat was de druppel, dus... dus ben je gegaan.' Haar moeders stem was zo geknepen dat ze bijna niet te verstaan was. 'Mijn god, ik dacht dat ik je kwijt was...'

'Het spijt me,' zei Jess na een tijdje. 'Het spijt me, mammie.' Dat woord gebruikte ze nooit, niet meer, maar nu zei ze het opeens. 'Gaan we naar huis?'

‘Zeker. Zo dadelijk. Ik moet alleen nog even de dokter halen.’ Jess schudde haar hoofd, maar haar moeder ging door. ‘Hij wil je zien en je onderzoeken.’

‘Hij was hier net.’

‘Nu je wakker bent, bedoel ik.’

‘Nee.’

‘Ze zeggen dat je ribben misschien gebroken zijn en je enkel is bont en blauw en…’

‘Ik wil gewoon naar huis.’

‘Je moet de dokter naar je laten kijken.’

‘Ik moet naar huis, mam.’ Wat als ze haar hier wilden houden? Wat zou er dan met Owen gebeuren? ‘Ik moet nu naar huis.’

‘Nee, je moet weer in bed gaan liggen tot ze er zeker van zijn dat er niks ergs met je aan de hand is. En dan moet je me vertellen waar je in hemelsnaam bent geweest!’

‘Wil je gewoon naar me luisteren?’

‘Ga weer in bed liggen, Jessica.’

‘Nee.’

‘Spreek me niet tegen.’

‘Mam, alsjeblieft.’

‘De dokter zegt dat je op z’n minst een nachtje moet blijven.’

Een nacht? Ze dacht aan de bulderende watervallen in de ijsbergen, de tranen die opwelden in Owens ogen. Er was al te veel tijd verstreken. Haar moeder praatte nog steeds, maar de woorden kwamen niet bij Jess binnen. Toen kon ze er niet meer tegen en riep: ‘Ik weet zelf wat goed voor me is!’

Haar moeder hield haar mond. Ze keek geschrokken.

'Ik weet zelf wat goed voor me is, mam. Ik weet wat goed voor me is en ik weet wat ik moet doen. Altijd luister je naar dokter Stannard! Altijd doe je wat hij zegt, zelfs als ik zeg dat het iets is wat ik niet wil.'

'Ik weet dat het voelt alsof je erg volwassen bent, Jess, maar dat ben je niet, niet echt. Soms moet je luisteren naar wat volwassenen zeggen. Ik ben je moeder, hij is je dokter en jij bent pas twaalf jaar oud.'

'En ik weet wat goed voor me is. Oké, misschien niet altijd. Maar soms wel. En nu zeg ik dat je me naar huis móét brengen. Alsjeblieft, mam. Alsjeblieft. Ik zal je alles uitleggen, dat beloof ik, maar nu zul je me gewoon moeten vertrouwen.'

Er klonk geknars toen dokter Stannard het gordijn opentrok. 'Ik dacht al dat ik stemmen hoorde. Ze is wakker, moeders. Dat is goed nieuws.'

Jess hield haar ogen op haar moeder gericht. Haar gezicht was rimpelig en onder haar ogen zaten donkere halve manen. *Alsjeblieft*, dacht ze. *Vertrouw me deze ene keer. Alsjeblieft.*

'Het spijt me,' zei haar moeder toen. De moed zonk Jess in de schoenen, maar toen zag ze dat haar moeder zich omdraaide naar de dokter. 'Mijn dochter wil graag naar huis.'

Het was vreemd om het huis binnen te gaan. Het bleek dat Jess twee dagen was weggeweest, maar ze had het gevoel dat er die middag een ander meisje thuiskwam.

Dokter Stannard was niet zozeer boos geweest, meer verbijsterd. Hij was het niet gewend dat er niet naar hem werd geluisterd en Jess had stiekem genoten van zijn gestotterde weerwoord.

'Nou, we zijn er,' zei haar moeder. 'Ga je me nu vertellen waar je bent geweest?'

'Zo meteen,' zei Jess toen ze de keuken in liep. Ze trok de la van de vriezer open, rommelde erin en sloot haar vingers om een klein pakketje dat in folie was gewikkeld.

Toen haastte ze zich hun achtertuin in, die zo groot was als een postzegel. *Hoe weet ik wat er met Owen gaat gebeuren?* dacht ze. *Misschien is het al te laat.* Maar toen ze de schelp uitpakte en hem in haar hand hield, voelde ze een soort polsslag van de schelp af komen – het ritme van het leven – en wist ze het zeker: Owen leefde nog. Ze kon hem redden. En zijn wereld redden.

Vanuit de deuropening stond haar moeder naar haar te kijken en Jess vroeg zich af wat er door haar heen ging. Dacht ze alleen aan de afgelopen dagen? Of keek ze met verbazing naar haar dochter, die vol in het licht van de namiddagzon stond?

Jess begon te huilen, ze kon er niks aan doen. De zon was zacht en warm. *Zo had het kunnen zijn*, dacht ze. *Zo had het voor de rest van mijn leven kunnen zijn.* Maar zo zou het niet blijven, natuurlijk. Niet voor de prijs die ervoor betaald moest worden.

Ze liet de schelp rusten op haar handpalm en keek hoe hij langzaam vloeibaar werd. Ze genoot van het zonlicht op haar huid en probeerde er niet aan te denken dat dit de laatste keer zou zijn. Bijna zakte ze door haar benen. Ze stelde zich Owens gezicht voor en dat gaf haar moed. Dit was de juiste beslissing.

Uiteindelijk was er niets meer van de schelp over dan een paar waterdruppels die ze tussen haar vingers door liet glijden en op het gras liet vallen. Ze draaide zich naar haar moeder. Door haar tranen zag ze bijna niks. Ze voelde dat haar huid begon te prikken toen het zachte zonlicht weer werd wat het altijd voor haar was geweest: een vijand.

'Ik moet nu naar binnen,' zei ze. 'En we moeten de gordijnen dichtdoen.'

27

Van de gedachte aan het ziekenhuis kreeg Jess het benauwd, maar ze wist dat ze terug moest. Haar enkel had een ziekelijk gele kleur gekregen en ze had een zeurende pijn in haar ribben. Maar dokter Stannard was meer geïnteresseerd in haar aandoening: waarom was die verdwenen en toen weer teruggekomen? Op allebei de vragen had hij geen antwoord. Hij haalde er collega's bij en Jess werd onderzocht, geprikt en gepord. Tot haar moeder uiteindelijk duidelijk zei dat het zo wel genoeg was geweest en dat ze – als ze het niet erg vonden – haar dochter weer mee naar huis nam.

Jess had nauwelijks geluisterd. Zij wist precies wat er met haar was gebeurd. Bovendien had ze iets belangrijkers te doen: ze moest op bezoek bij Davey.

Haar moeder ging met haar mee en Jess hield haar hand vast terwijl ze door de gangen strompelde. Hoe dichter ze bij zijn kamer kwamen, hoe benauwder Jess het kreeg. Ze kon alleen maar denken aan hoe Davey er tijdens haar laatste bezoek bij had gelegen. Ze wilde omdraaien. Ze wilde er niks van weten. Nog meer slecht nieuws kon ze niet aan. Ze had Owen gered, maar ze was hem ook kwijt, zoals ook haar genezing voor altijd weg was. Davey ook nog kwijtraken, dat zou te veel zijn. En toch zeurde er een stemmetje in haar achterhoofd. Owen had gezegd dat hij had gehoord hoe ze haar verhalen had voorgelezen. Maar hoe kon dat? Ze had haar verhalen maar aan één iemand voorgelezen.

Al snel stonden ze voor de deur en haar moeder knikte dat ze naar binnen kon gaan. De deurklink voelde koud in haar hand. Ze ademde diep in.

Ze duwde.

Ze ging naar binnen.

En ze glimlachte.

Davey zat rechtop in bed en leunde tegen een stapel kussens. Hij was dun. Hij moest nodig goed eten. Maar hij was wakker. Hij was wakker en las de papieren in zijn hand.

'Het gaat goed met je! Je bent beter!' riep ze uit. Meteen werd ze knalrood. 'Ik bedoel... hallo.' Ze zwaaide en daar had ze meteen spijt van. *Zeg nog iets*, zei ze in haar hoofd tegen zichzelf. 'Fijn om te zien dat je wakker bent,' wist ze eruit te persen en weer zwaaide ze.

Bruin haar viel over het voorhoofd van de jongen. Zijn ogen waren diepblauw. Jess besefte dat ze die nog nooit had gezien. 'Hallo,' zei hij met een accent dat ze niet kon plaatsen. 'Ben je verdwaald?'

Jess opende haar mond om antwoord te geven, maar bedacht zich. Wat kon ze zeggen? *Nou, dit klinkt misschien een beetje raar, maar toen jij sliep kwam ik, zeg maar, steeds op bezoek. Dus je kent me helemaal niet, maar we zijn nu wel vrienden en ik hoop dat je dat geen probleem vindt.* 'Nee, ik ben niet verdwaald,' mompelde ze. 'Ik kwam gewoon kijken hoe het met je gaat.'

De jongen fronste alsof hij over iets nadacht. Toen knikte hij. 'Jij bent Jess, toch?' Hij hield de papieren in zijn hand omhoog. 'Jij hebt mij dit verhaal gegeven.'

Ze werd nog iets roder en haar hart begon sneller te slaan. 'Hoe wist je dat ik het was?'

'Je stem. Ik herkende je stem.'

'Ik wist wel dat je me kon horen! Dat heb ik tegen mijn moeder gezegd en ook tegen dokter Stannard.'

'Natuurlijk kon ik horen. Nou ja, dat is niet helemaal waar. Ik hoorde je niet zoals ik je nu hoor. Dat is niet wat ik bedoel. Ik weet niet echt hoe ik het moet uitleggen. Het klinkt gek, maar ik kon ze horen, je verhalen. Een beetje zoals in een droom. Alsof ik ze droomde. Alsof ik ín ze leefde. En toen werd ik wakker en vond ik dit naast mijn bed.'

'Je bent beter,' zei ze en ze schudde haar hoofd. 'Je bent echt beter geworden... De dokters zeiden tegen je moeder dat dat misschien niet ging gebeuren.'

'Ze weten niet wat er aan de hand is, volgens mij. Ze blijven hier maar binnenkomen om naar me te kijken en dan verdwijnen ze om te overleggen. Volgens mij weten ze niet waar ze het over hebben.'

'Vertel mij wat!'

'Precies. Maar weet je wat het is: ze dachten dat het steeds slechter met me ging. En toen ineens, een paar uur geleden, deed ik gewoon mijn ogen open. Ik ben blijkbaar een medisch wonder.' Hij glimlachte trots.

Dat was ik ook, dacht Jess. *Voor even, tenminste.* Toen schoot haar iets te binnen. 'Een paar uur geleden?' vroeg ze.

'Dat klopt.'

Een paar uur. Het was een paar uur geleden dat ze in haar tuin stond en keek hoe de schelp wegsmolt.

'Hé, woon jij hier? In de stad, bedoel ik,' vroeg Davey.

'Ja.'

'Wij zijn hiernaartoe verhuisd. Een week voor mijn ongeluk of zo.'

'Dat is pech hebben.'

'Vertel mij wat. Je kan geen nieuwe vrienden maken als je slaapt, toch?'

'Je gaat vast mensen ontmoeten.'

'Op school vast wel. Misschien zitten we wel op dezelfde school.'

'Nee. Ik ga niet... Ik krijg thuis les.' Weer kreeg ze dat stekende gevoel. Ze had naar school kunnen gaan, maar dat zou nu nooit meer gebeuren.

'Thuis? Dat is tof.'

'Is dat zo?'

'Tuurlijk is dat zo. Dat maakt je... hoe noemen ze dat? Mysterieus.'

'Echt?'

'Tuurlijk. Dat maakt je anders. Wie wil nou hetzelfde zijn als iedereen?'

Jess gloeide.

‘Heb je trouwens dat ruimteverhaal al af? Dat klonk goed.’

‘Daar heb ik nog geen kans voor gehad.’

‘Nou ja, ik lees het wel als het klaar is.’

‘Ja, meneer.’

Davey glimlachte naar haar. ‘En hoe zit het met dat andere verhaal?’

‘Welk andere verhaal?’

‘Dat andere verhaal waar je me over vertelde.’

Jess schudde haar hoofd. ‘Ik weet niet wat je bedoelt. Ik heb alleen *De ongelukkige kleermaker* voorgelezen.’

‘Nee, je weet wel... dat echt bizarre verhaal. Ik bedoel, dit verhaal is bizar, maar dát verhaal was helemaal bizar.’

Het duizelde Jess. ‘Waar ging het over?’ vroeg ze.

‘Ik herinner me het niet meer helemaal. Wat ik al zei, het was allemaal behoorlijk vreemd. Maar het ging over een soort tuin.’

28

Ze was dan misschien niet echt genezen, maar nog wel een beetje. Ze kon niet de zon in, maar als het zwaar bewolkt was en ze zich insmeerde met de hoogste factor zonnebrand, kon ze onbedekt naar de winkel aan het einde van de straat lopen en weer terug. Ze dacht dat iets van de kracht van de tuin bij haar was gebleven en daar was ze dankbaar voor.

De volgende zondag maakten Jess en haar moeder gebraden lamsbout en Yorkshire puddings, een soort hoge kleine pannenkoeken. Later wasten en droogden ze samen af.

'Het lag niet aan jou,' zei Jess uiteindelijk.

Haar moeder stond stil met een schaal in haar handen. Langzaam liet ze hem op het aanrecht zakken. En toen deed ze iets wat ze anders nooit deed: ze ging op haar knieën zitten.

'Het lag niet aan jou,' zei Jess weer.

'Wil je me vertellen waar je bent geweest?'

'Je gelooft me toch niet.'

'Probeer het maar.'

'Ooit.'

'Wil je me in elk geval beloven dat je nooit meer zoiets doet?'

'Nooit meer.'

'Echt nooit meer?'

'Echt nooit meer.' Jess knikte en voor het eerst in dagen glimlachte haar moeder.

'Ik heb je gemist, kleine,' zei ze.

'Ik heb jou ook gemist.'

Die avond ging Jess naar haar kamer om te schrijven, zoals ze ontelbare keren eerder had gedaan. De dikke gordijnen hielden de ondergaande zomerzon buiten. Ze ging zitten en koos een pen: paarse inkt deze keer.

De ijsjongen, schreef ze. Maar voor ze verder kon gaan, werd er op straat geroepen. Ze trok het gordijn aan de kant. De zon hing laag en langgerekte schaduwen beschermden haar tegen het licht. Een groep kinderen liep midden op straat. *Het meisje met het asblonde haar was er niet bij, maar dat had zomaar gekund*, dacht Jess. *Ze zijn allemaal een beetje hetzelfde en ik ben een beetje anders. Maar dat is goed. Zo ben ik nou eenmaal.*

De stemmen van de kinderen galmden door de straat en even voelde Jess zich zo leeg als altijd. Maar toen een van hen naar boven keek en haar zag, kromp Jess niet ineen. In plaats daarvan glimlachte ze. Het meisje lachte terug en liep verder.

Zijn vriendin was weg en de ijsjongen was alleen, schreef ze nadat ze weer was gaan zitten om aan de slag te gaan. *Alleen als altijd, maar hij was ook veranderd. Hij bouwde een nieuwe brug naar zijn thuis in de ijstuin en dat was gemakkelijk omdat de wereld nu boog als hij hem aanraakte. Hij maakte de opening in de muur dicht en dacht na over wat hij zou kunnen doen.*

Ze tikte met de onderkant van haar pen tegen haar bureau om de inkt – en haar verbeelding – in beweging te krijgen.

Zijn hele leven had hij in de tuin gewoond, te bang om verder weg te gaan. Het was er zo mooi. Er waren miljoenen bloemen. Er was fruit om te eten. Maar nu hij had geproefd van wat er buiten de tuin lag, kon hij zijn nieuwsgierigheid niet meer bedwingen. Dus ging hij er weer op uit. Hij klom naar de top van de hoogste berg om het land vanaf boven te kunnen bekijken. Hij volgde de vogels naar hun broedplaatsen op de klippen. Hun eieren waren doorzichtige ijsbollen. Binnenin kon hij de jongen zien zitten. Daar groeiden ze en wachtten ze tot ze zich bij hun moeders konden voegen.

Hij liep door het bos en sliep tussen de klimplanten. Ze trokken hem hoog het bladerdak in, waar hij ver boven de grond van tak naar tak kon springen. Daar waren dieren. Overal was leven en hij leerde het leven begrijpen. Hij zag zo veel. IJswolven die in troepen over de toendra renden. Grotten vol met vleermuizen, miljoenen vleermuizen, die in een draaiende zilveren pilaar de lucht in stroomden. Grote beesten die hun jongen in hun bek droegen…

Ze schreef verder en stelde zich het leven voor dat haar vriend nu zou kunnen leiden. Hij bevond zich ergens, dat wist ze. Net buiten haar bereik, maar veilig. En van die gedachte werd ze blij.

Toen ze opkeek, zag ze dat de hemel lichtgrijs was geworden. Er werd beneden op de deur geklopt.

'Jess, wil jij opendoen?' riep haar moeder.

'Ik ben in mijn kamer!'

'Ja, dat weet ik.'

'Ik ben nog niet eens half bedekt.'

'Doe dat dan!'

Jess zuchtte en sjokte de trap af. Ze rolde haar mouwen naar beneden en trok de muts over haar hoofd. Toen ze de deur opendeed, werd ze even verblind door de ondergaande zon. Maar toen zag ze dat er een jongen op de stoep stond.

'Davey!' riep ze. Ze sprong op hem af en zonder erbij na te denken sloeg ze haar armen om hem heen.

'Ik dacht, ik ga even langs om hallo te zeggen. Jij was zo aardig om mij deze week te bezoeken, dus ik dacht: nu is het mijn beurt.' Zijn stem dreunde door de stille straat als het geluid van een koperen bel.

'Je bent uit het ziekenhuis!'

'Zolang ik maar niet weer word aangereden is er niks aan de hand, zeggen ze.'

'Nou, daar moet je dan maar voor zorgen.'

'Ik ga m'n best doen.'

'Wil je binnenkomen? Ik was net bezig met het schrijven van een nieuw verhaal.'

'Eigenlijk dacht ik dat jij wel naar buiten wilde.'

'Naar buiten? Ik?'

'Het is een mooie avond en ik heb honderd jaar in bed gelegen, dus...'

‘Het kan niet,’ zei ze en ze tikte tegen haar muts. ‘Ik heb het je gezegd. Zonder dit ding kan ik niet naar buiten.’

‘Dan hou je hem toch op. Da’s toch geen ramp?’

‘Ik weet het niet...’

‘Aan de andere kant van de stad is een speeltuin. Met een gigantische glijbaan. Daar kun je me bewonderen terwijl ik er voorover vanaf duik.’

‘Ik durf ook voorover van een glijbaan, hoor.’

‘Vind ik prima, zolang je maar wel onder de indruk bent als ik het doe.’

De glimlach verdween van haar gezicht. Ze mocht toch niet van haar moeder. Ze draaide zich om en daar stond ze, leunend in de deuropening van de keuken. Haar gezicht was strak en gespannen. Maar tot Jess’ verbazing knikte ze.

‘Eventjes dan. En daarna wil Davey misschien blijven eten?’

‘Volgens mij was mijn moeder al aan het koken, maar dan eet ik wel twee keer. Geen punt. Ik moet toch weer op krachten komen. Maar vertel het maar niet aan haar.’

‘Toe maar, Jess. Maar wees voorzichtig.’

Samen gingen ze op pad. De een mager, in een korte broek en T-shirt, de ander ingepakt als een imker. De lucht werd donker en de wolken leken op vegen houtskool.

‘Wedden dat ik harder kan rennen dan jij?’

‘Wedden dat je dat niet kan.’

‘Dat zullen we nog weleens zien.’

‘Goed, waar is de finish?’

‘Helemaal aan het eind van de straat. Maar je hebt geen kans. Op mijn vorige school was ik kampioen op de honderd meter. Op de vier jongens die voor me liepen na dan.'

'Nou ja, we zien wel.'

'Dus we wedden?' Davey stak zijn hand uit om de weddenschap te sluiten. Toen ze zijn hand pakte, voelde ze een ijzige steek, als een echo van iets wat voorbij was. Even werd ze licht in haar hoofd. Owen en Davey waren verbonden op een manier die ze niet begreep. Misschien zou ze het wel nooit begrijpen. En dat was prima, besloot ze.

'Rennen!' riep Davey en Jess sprintte achter hem aan.

Lees ook:

Mary staarde naar het roestige ding in haar handen. Een sleutel.

'Misschien lag hij daar wel tien jaar begraven,' fluisterde ze. 'Misschien is hij wel van de tuin!'

Ze mocht overal komen, hadden ze gezegd, alleen niet in die ene kamer, en in die ene tuin.

Maar Mary hoort geluiden, in de verboden kamer. Inbeelding, zeggen ze. En: verboden!

Over de muur van de geheime tuin ziet Mary steeds dezelfde vogel vliegen. Mary houdt niet van verboden en ook niet van geheimen…

Kan zij de geheimen ontrafelen?

Tonke Dragt over *De geheime tuin*: 'Verrukkelijk boek – mijn lievelingsboek. De geheime tuin heeft alles: het is geheimzinnig, spannend en betoverend mooi! Een boek dat ieder kind gelezen moet hebben.'